SAINT-HELME

XVIIIe SIÈCLE

ET

DIRECTOIRE

(Histoires sur l'Histoire)

SUIVI DE

LÉONARD ET LA JOCONDE

Par M. VIEUILLE

Préface de LUCIEN ARRÉAT

On *abîme* le grand lâche qui
condescend à imprimer....
mais un *âne* vivant vaut
mieux qu'un *lion* éventuel
et douteux.
Lucien MUHLFED.

PARIS

ÉDITIONS PRESSE FRANÇAISE

12, Rue Servandoni, 12

18e Siècle et Directoire

LÉONARD ET LA JOCONDE

MÊMÉ AUTEUR

En préparation :

OPINIONS. — I . . . . . {
De l'Education.
De la Volonté.
Du Génie.
De la Philosophie.
De la Bonté.
De la Charité.
Des Pauvres.
}

• MÊME LIBRAIRIE, 1 volume : 3 fr. 50

18ᵉ Siècle et Directoire

(Suites d'histoires sur l'histoire)

Par M. SAINT-HELME

ET

LÉONARD ET LA JOCONDE

Par M. VIEUILLE

———

Préface de LUCIEN ARRÉAT

On *abîme* le grand lâche qui
condescend à imprimer....
mais un *âne* vivant vaut
mieux qu'un *lion* éventuel
et douteux.

Lucien MUHLFED.

PARIS

ÉDITIONS PRESSE FRANÇAISE

12, Rue Servandoni, 12

1913

Dédié à mon Oncle et ami Eugène

On *abîme* le grand lâche qui
condescend à imprimer....
mais un *âne* vivant vaut
mieux qu'un *lion* éventuel
et douteux.

Lucien MUHLFED.

INDEX ALPHABÉTIQUE

PRÉFACE

DE

LUCIEN ARRÉAT

Lorsque Mme Vigée-Lebrun put enfin revenir à Paris, après les années terribles de la Révolution, elle nous dit dans ses Souvenirs quelle impression pénible fut la sienne devant les grands changements qui s'étaient faits. La première fois qu'elle entra dans une salle de spectacle, elle n'y retrouva plus, écrit-elle, ces brillants costumes, cette foule élégante et joyeuse qu'elle avait laissés ; ces hommes vêtus de couleurs sombres lui semblaient porter le deuil de tout le passé qui était mort.

Oh !... ces hommes... pour être de noir vêtus, n'en étaient pas plus vertueux... La Société nouvelle gardait la licence des mœurs ; mais elle avait perdu la grâce, cette grâce qui avait conquis le monde, et dont le souvenir nous charme nous-mêmes après plus de cent années écoulées ; cette grâce, à laquelle le jeune écrivain, dont on va lire *les causeries, est revenu d'un mouvement naturel, comme l'abeille vole vers les fleurs chargées de nectar et de pollen.*

Ce charmant dix-huitième siècle vieillira à son tour ; il se trouve placé, aujourd'hui, à ce juste degré d'éloignement où l'illusion de l'art se produit pour nous, sans que la continuité de la vie soit empêchée par de trop fortes dissemblances. Qu'il fût d'abord le siècle de l'esprit, le plus étranger des lecteurs n'en saurait douter, dès les premières pages de ces conférences, où cet esprit pétille, étincelle en d'heureuses citations.

M. Saint-Helme n'abuse pourtant pas de ce succès facile ; l'auteur n'a point la prétention de nous révéler ce que nous savons déjà, ni de pousser plus avant l'étude des principales figures de ce temps. Un coup d'œil général ; puis une revue des modes, des salons ; un aperçu sur les peintres (en particulier David, Prudhon), sur les écrivains (Crébillon) ; la Société sous la Révolution et le Directoire ; telle est l'économie de son travail.

Quelques réflexions jetées ici et là viennent à propos nous rappeler que l'histoire, (fût-ce l'histoire anecdotique), n'est pas sans apporter avec elle une leçon. J'estime même qu'il est permis d'y insister davantage, et qu'il faudrait se garder de ne voir dans ce dix-huitième siècle que le règne de l'esprit, de la fantaisie ou des modes extravagantes. Il ne fut pas seulement le siècle des mœurs polies, des mots piquants, des riens agréables ; il fut encore un siècle de larges rêves et d'admirables inventions ; ses savants continuèrent les travaux des Fermat, des Descartes, des Pascal, ils préparèrent ou constituèrent les sciences de la nature et celles de l'homme.

La noblesse de ce temps, si légère, si frivole, restait brave et sut mourir ; sous tant de folies et de badinages, se retrouvait le solide bon sens de la race. Ce siècle où l'on délaissait le Canada nous donnait la Lorraine, la Corse, une puissante marine ; il commençait les réformes nécessaires, qu'on eût pu réaliser sans tant de sanglants et funestes sacrifices.

Quelle ne fut pas, enfin, cette prodigieuse réserve d'hommes que nous laissa l'ancienne France, et que les régimes qui suivirent allaient si rapidement gaspiller !

Suivant que l'on envisage telle ou telle des classes sociales, tel ou tel ordre de l'intelligence, que l'on s'attache à Paris ou à la province, à telle qualité ou à tel défaut, les conclusions de l'enquête peuvent être sensiblement différentes. Ce dix-huitième siècle si impie et si débauché, si las et si élégant, peut aussi nous laisser l'impression d'un âge savant, novateur, actif ; et ce serait une surprise, que d'opposer à la politique le plus souvent réaliste, qui y prévalut la politique plutôt romanesque de notre dix-neuvième siècle.

*Dans ce volume même, on trouvera une confé-
rence de M. Vieuille sur Léonard de Vinci.
Certes, Léonard appartient à la Renaissance ;
mais songez combien il est déjà, j'oserais dire
moderne, par certaines qualités de son œuvre ;
songez surtout que ses préoccupations de curieux*
de la science, *c'est ce brillant dix-huitième siècle
qui les a* justifiées. *Il semble par là qu'il y confine,
quoique de si loin, et que son génie ait franchi
d'emblée les trois cents ans qui le séparent de nous !*

*Puisse cette préface, peut-être un peu sévère, ne
pas laisser l'impression fâcheuse de ces couleurs
sombres qui attristaient les yeux de Mme Vigée-
Lebrun ! L'impression, du moins, passera vite ;
les pages aimables qui vont suivre l'auront bientôt
effacée.*

Lucien ARRÉAT.

CHAPITRE PREMIER

Le 18ᵉ siècle ; coup d'œil général

A cette conférence, des récitatifs furent faits par Mˡˡᵉ Balouzet, au talent sûr et délicat, si goûté des connaisseurs.

MESDAMES,
MESDEMOISELLES,
MESSIEURS,

Ce n'est pas sans émoi que j'aborde ce XVIIIᵉ siècle si riche en faits de tous genres, mais si connu et si fouillé.

Je l'ose, toutefois, d'abord parce que je compte sur votre indulgence, ensuite, parce qu'en somme il n'y a rien de nouveau sous le soleil. Ou plutôt, (puisque nous sommes en 1700), prenons le mot du Régent : « Depuis le déluge, il n'y a guère qu'une demi-douzaine de vérités surnageant sur un océan de mensonges. » Donc, quel que soit le sujet choisi, j'y aurais toujours eu un prédécesseur plus ou moins illustre.

Monsieur Arthur Mayer, fort spirituellement, raconte, (il me semble du moins que c'est lui) qu'un jeune inconnu *découvrit* tout à coup, il y a quelques années, Jean-Jacques Rousseau, Chateaubriand et d'autres écrivains notoires. Ce jeune homme, (dans tout le feu de son enthousiasme), écrivit, sur ces sujets peu neufs, des pages admirables, et devint célèbre, voire même académicien, car il s'agit de Jules Lemaître.

Sans prétendre à d'aussi brillants résultats, je fais donc, comme Jules Lemaître, mon premier pas : je découvre le XVIIIᵉ siècle. Les êtres et les choses, en effet, sont toujours les mêmes ; seulement chaque individu les observant sous un angle différent, en tire des conclusions multiples. Je dirais même, (si j'osais une comparaison hardie), que les faits sont comme les facettes multicolores d'un kaléidoscope ; les paillettes ne changent pas, cependant les dessins varient à l'infini, suivant la main qui les manie.

Mais revenons au XVIIIᵉ siècle, fort remarquable par deux choses. D'abord c'est un siècle très étrange, puisque, (loin de compter cent ans comme ses autres confrères), il commence à peine en 1715, pour finir en 1789, « anémié par l'excès de luxe et d'esprit ». (1)

Ensuite, il faut y avoir « énormément d'esprit

(1) Arsène Houssaye.

pour en avoir assez. » Les femmes surtout excellent dans le genre ; l'une d'elles peindra tout son monde dans cette phrase lapidaire : « *J'ai une admiration stupide pour tout ce qui est spirituel.* »

De la mort de Louis XIV à la Révolution, c'est, (ainsi que le dira très justement le célèbre Walpole), « *une débauche d'esprit* ». Il semble que, las de s'être appesanti près du fauteuil du grand Roi, ou d'avoir feint d'être dévot pour plaire à une Maintenon, chacun se réveille. On s'amuse de rien, on se pare de rien, on se fâche pour rien, et de ces riens, de cette habitude de parler à tout propos, (souvent hors de propos), les traits spirituels jaillissent sans effort. Ils naissent par hasard, à peine remarqués de ceux qui les disent ; mais, recueillis par les nombreux auteurs de mémoires, nous y trouvons, (à deux cents ans de distance), des perles qui font notre joie... « *Les chiens même sont spirituels,* dit un compilateur, *celui de la princesse de Conti ne manque jamais de mordre le Prince dès qu'il arrive !...* »

Pour cette Société qui ne pense qu'à rire et s'amuser des aventures plaisantes, à donner du piquant à la vie par des niches et des taquineries souvent étranges, que sont donc des penseurs, des philosophes, des travailleurs ? L'esprit seul suffit pour faire avancer un homme ; et la duchesse de Chaulnes résume la légèreté des cerveaux par la boutade bien connue : « *Un génie !... Mais à quoi est-ce bon ?* »

On ne regrette pas d'être laid ; on ne regrette que de ne pas avoir l'intelligence vive. Une madame d'Houdetot, louchant, ayant des traits désagréables, sera la plus adulée des femmes et celui qui s'écrie : « *Mon Dieu, qu'un joli visage irait bien à cet esprit-là !* » est une exception.

C'est le siècle où il suffit d'un mot lancé à point pour sortir du plus mauvais pas. Un abbé de Bernis, méritant par sa conduite d'amers reproches du cardinal Fleury, s'attire, à la fin du sermon, ce terrible anathème :

« Vous n'obtiendrez rien de mon vivant. — J'attendrai, Monseigneur », répondit-il avec calme ; et toute la ville et la Cour prises de rire au récit du propos, furent pour le léger abbé, contre le vertueux prélat. (1)

Ne pourrait-on rapprocher de cette insolente mais amusante répartie, l'aventure arrivée à un vieil académicien recevant un écrivain qui briguait un siège sous la coupole :

« Monsieur, vous n'aurez pas ma voix ! », s'écrie-t-il avant que le visiteur ait eu le temps d'articuler une parole. — « Mais, Monsieur, répond l'autre sans se troubler, vous confondez :

(1) Anecdoctes Ceilnart.

je ne compte postuler que pour votre fauteuil ! »

Un Louis XV est parfois spirituel.

Entrant un jour dans les bureaux d'un Ministre, il aperçoit des lunettes. « Voyons, dit-il, si elles valent celles dont je me sers ? »

Un papier, apprêté exprès, sans doute, se trouve sous sa main. C'était une lettre dans laquelle il y avait un éloge pompeux de Choiseul et du monarque. Sa Majesté rejette précipitamment les lunettes : « Elles ne sont pas meilleures que les miennes ; elles grossissent trop les objets. »

Un autre jour, le souverain causait avec La Tour. « Il est certain, Sire, que nous n'avons pas de marine. — N'avez-vous pas Vernet ? » répliqua Louis XV, évitant ainsi une ennuyeuse controverse.

Et même, un lourd roi de Prusse ne dédaigne pas cette arme si française et si difficile à manier. D'Alembert avait vu dans le cabinet du Prince un fort beau portrait de l'Impératrice-Reine. Au deuxième voyage, le philosophe constate la disparition du tableau. « Oui, explique Frédéric, elle m'ennuyait ; chaque fois que je levais les yeux sur elle, elle me répétait : « Rendez-moi ma Silésie, rendez-moi ma Silésie... J'ai préféré l'éloigner que de la satisfaire. » L'histoire trouve cela charmant et pardonne en riant à l'accapareur.

Un Marivaux, ruiné d'abord par l'amour,

puis successivement enrichi et ruiné par le système de Law, eut recours à l'esprit pour vivre... et écrivit : *Les jeux de l'Amour et du Hasard.* Ainsi, du haut en bas de l'échelle, c'est une débâcle d'esprit, et l'on pourrait en citer mille exemples.

Au reste, ce temps n'est pas seulement le Paradis de l'intelligence, mais aussi de toutes les excentricités tant en France qu'à l'étranger.

C'est le siècle où un roi de Portugal, allant chez son amie, (une religieuse, ce qui ne l'arrêtait guère), se faisait toujours suivre de son docteur et de son chapelain. Et, d'après l'avis du premier, il demandait l'absolution du second. C'est le siècle où un d'Orléans, Sainte-Geneviève (fils du Régent), refuse avec énergie de croire au décès des gens. Il donnait une certaine mensualité à Madame de Gontaut. Celle-ci mourut, mais l'intendant du Duc fut obligé de continuer à marquer dans les comptes les mensualités ordinaires.

On lui lisait un acte ; le lecteur arrive aux mots : « le feu roi d'Espagne ! » — « Que signifie ?, dit le duc en fronçant les sourcils. — « C'est un titre que prennent les rois d'Espagne », corrige précipitamment le secrétaire.

C'est l'époque où un duc de Richelieu n'hésite pas, (pour parvenir jusqu'à Mademoiselle de Valois), à se déguiser plusieurs fois en marchand, garçon de boutique, voire homme de peine ; l'époque où un Orléans Régent aide lui-même ses cuisiniers à préparer de petits soupers ; l'époque où une fille de ce Régent, (devenue abbesse de Chelles), fait venir dans son couvent des danseuses, les déguise en naïades, en bergères, se complait à les voir évoluer sur les pelouses monacales ; enfin organise des chasses bruyantes, elle-même dirigeant la course sur un fougueux cheval.

Plus encore que l'esprit, il y a une chose qui saute aux yeux quand on regarde l'histoire pendant cette période : c'est, avant tout, le triomphe de la femme. Elle est partout, elle règne partout : en France avec Mesdames de Tencin, de Prie, de Châteauroux, de Pompadour, du Barry, puis la reine Marie-Antoinette, la *seule Reine* considérée comme Reine (au lieu d'être reléguée derrière les favorites), honneur qu'elle paya cher !... En Autriche, nous trouvons Marie-Thérèse. En Russie, Catherine II. En Espagne, la princesse des Ursins. La Prusse fait exception. Aussi Frédéric avait-il coutume de dire : « Il n'y a en Europe que moi, le Pape et le grand Turc. »

S'il revenait !...

Tout touche à la femme, tout est pour elle, par elle : guerres, traités, désastres, et l'on reste muet devant la carte célèbre, où la place que doit occuper l'armée est marquée par des mouches !... C'est peut-être grâce à cette influence énorme de la femme que le XVIIIe siècle fut un siècle de folie, une comédie badine qui devait se terminer tragiquement dans le sang ! La devise de ces duchesses, marquises, abbés, petits-maîtres, courant au plaisir, menant la sarabande folle qui les conduira à la mort, semble être dans cette phrase de Catherine répondant au « Je ne comprends pas » de Mitrowich, (condamné à mort parce qu'elle ne l'aimait plus) : « *Il ne comprend pas*, disait-elle, *que j'ai cent passions à vivre et qu'il n'en a qu'une à me donner !...* »

Examinons les portraits des femmes d'alors ; il semble que ce soit le charmant succédant au sublime. Voyez les Nattier ; voyez Mesdames Filles de France. Ce sont de petits visages, cheveux à peine gonflés, nez tout juste esquissés, bouches qui ne retiennent pas l'attention ; une seule chose parle et vit dans ces pastels : les yeux. De beaux yeux noirs, (j'en demande pardon aux yeux bleus qui sont ici), c'est le seul moment de vogue des beautés brunes. Les blondes reprendront plus tard leur empire, mais pendant tout le XVIIIe siècle, il n'y a que des yeux noirs. Non pas beaux, à la façon bovine du XVIIe siècle, mais des yeux doux, veloutés, caressants. Et dans ces têtes amincies, pâles, sans traits accusés, ces prunelles sont surprenantes. Elles semblent vous suivre, vous dire : « *C'est ici notre âme, notre cœur, notre esprit.* »

Or, en fixant un peu ces yeux qui ne paraissent que tendres, ils deviennent malicieux, ironiques, mutins, et l'ensemble de ces menues choses fait des visages qu'on n'oublie pas quand on les a regardés une fois. Ils ont ce je ne sais quoi faisant dire d'une femme, aux traits irréguliers pourtant : « *Elle est plus que jolie.* »

Une autre chose vous frappe, c'est la gracilité des sujets ou des peintures. C'est le siècle du frêle, du gracieux, du léger ; car tout est léger : l'art, les beautés, les hommes aussi, hélas ! Un Louis XV, par exemple, écrira à son ministre de Vienne « que l'archiduchesse Antoinette devrait se prêter à la frivolité de la nation en se perfectionnant *surtout* dans les talents agréables, tels que la danse. » (1) Toute cette époque est dans ces lignes !... La future reine, (à un moment où l'on *prévoyait* « le déluge »), devait cultiver *surtout* la danse ! A côté de cela Marie-Antoinette criblait ses lettres de fautes d'orthographe.

C'est cette même légèreté qui fera faire à Rohan, (appelé d'abord le prince Louis, puis la Belle Eminence, enfin le *Cardinal Collier*), tant

_____

(1) Cité par de Nolhac.

de sottises, tant de folies monétaires pour arriver au scandale. Citons un détail : Pour plaire à la populace viennoise, il mit à ses chevaux des « *fers* » d'argent, (fort · légèrement cloués), afin qu'ils tombent à terre et le peuple puisse aisément les ramasser. Il avait à Vienne un train de maison fastueux, des fêtes continuelles ; mais, par contre, les dépêches de Constantinople attendaient parfois une semaine dans les bureaux !... Il n'était pas méchant... seulement un peu léger... Marie-Antoinette non plus ne sera pas méchante ; elle aura la grande maladie du siècle : le manque de réflexion, la légèreté, la même que celle amenant la faillite de trente-trois millions des Guémenée...

Du reste, l'inconséquence est à tous les étages, on signe sans hésiter un traité abandonnant nos colonies, mais on discute à perte de vue sur une question de préséance et de titre dans le même traité. Tout se passe en ris, en fêtes, en jeux ; aucune honte n'atteint ces grands seigneurs ; ils sont trop emportés dans la galopade furieuse vers l'abîme. Et la maréchale de Luxembourg peut dire, avec autant d'esprit que d'à propos : « il n'y a plus que trois vertus en France : Vertuchoux, Vertubleu et Vertugadin » (1). Ils ne *veulent* même pas

(1) Cité par Frantz Funck-Brentano.

essayer de se « renouveler ». Un Joseph II, visitant Nantes, admirait le port. On lui fit remarquer le pavillon de la République américaine. « Je ne puis voir cela, dit l'empereur en détournant les yeux, mon métier, à moi, est d'être royaliste. »

Mais en parcourant les gazettes d'alors, on ne peut s'empêcher de sourire et de trouver, comme je le disais plus haut, que « rien n'est changé sous le soleil ». Ce sont les mêmes doléances que celles de notre temps... Déjà c'était la crise de *Made in Germany* ; un Ministre fait venir d'Augsbourg et de Nuremberg les jouets du Dauphin, et l'on s'indigne... Ici c'est la *Chronique de Paris* qui fulmine contre les fortifications d'alors : « Ce mur qui rend Paris comme Clamart, ce mur est promis à la démolition. »

Tel autre jour, le nouvelliste gémit sur la diversité déconcertante des coiffures : « Aujourd'hui les petits chapeaux, demain les grands reprendront la faveur ». Les modes (comme nos robes collantes), soulèvent l'indignation des prêtres qui, du haut de la chaire, maudissent « paniers et falbalas » et « interdisent l'entrée de l'église aux trop encombrantes mondaines ». De même que notre jupe-culotte fit sensation (et même scandale), de même la vicomtesse de Jancourt, essayant de lancer une certaine lévite relevée sur le côté (élégamment appelée « queue de singe ») souleva un attroupement au jardin du Luxembourg ; les Suisses durent intervenir et faire sortir l'audacieuse vicomtesse

Notre moderne « crise du latin » n'est pas nouvelle... Un écrivain du temps se plaint qu'on ne fait apprendre aux enfants que fort peu de latin, mais beaucoup de « circonlocutions anglaises ou allemandes ». Nous croyons tenir le record avec notre versification obscure et nos tableaux étranges ?... Point... Déjà il y avait une école qui, sans s'appeler futuriste ou symboliste, s'appliquait à être incompréhensible. Elle ne le manifestait pas surtout en peinture, mais en écrits ; le même nouvelliste constate en gémissant que : « L'imagination supplée au savoir. On n'écrit plus qu'en tamisant les paroles et les pensées. Il n'en faut pas plus pour brûler les anciens livres. Les écrivains se rendent célèbres en se rendant inintelligibles. »... Et, ironie : « C'est en pleine royauté que se fonde la « *République des Lettres.* » En République, nous chercherons des « *Princes de poètes* » ou « *Rois des Conteurs* »...

La vogue des tailleurs célèbres n'est pas spéciale au xxᵉ siècle. On retrouve dans les notes de 1760, ces mots amers : « Un élégant tailleur, un habile parfumeur, sont des êtres merveilleux dont le nom va de pair avec les plus célèbres auteurs. »

La critique de la censure, même, était à l'ordre
du jour... Au moment où l'on parle de rétablir
le sévère tribunal, n'est-il pas amusant de cueillir le trait suivant :

« Sous le titre du *Droit du Seigneur*, un
« inconnu présente une pièce à un acteur de la
« Comédie-Française. Il lui fallut mille bassesses
« pour arracher au comédien la promesse de jeter
« les yeux sur le manuscrit. Ensuite, je ne sais
« combien de courses, de prières, d'instances pour
« essayer d'obtenir une réponse ; le grand tragi-
« que déclare enfin avoir parcouru les pages,
« mais que le tout est détestable.

« — Cependant... ne pourrait-on le soumettre
« au Comité de lecture ? — Le Comité ne se réunit
« pas pour de pareilles fadaises ! — J'ai montré
« cette comédie à quelques gens de goût, ils l'ap-
« précièrent... » On lui rit au nez. Le pauvre
« diable insiste pour avoir une audience, et à
« force de supplications, il parvient à prendre
« jour. Mais le Comité (averti sans doute du
« peu d'importance du personnage), rejeta la
« pièce dès les premiers mots. »

« Enchanté du tour joué, Voltaire présente
« alors la même comédie sous le nom : *L'Ecueil*
« *du Sage*. On la reçoit avec respect, on lit avec
« admiration ; on supplie Monsieur de Voltaire
« de « *vouloir bien continuer à honorer la Compa-*
« *gnie de ses œuvres* ». Quand le subterfuge fut

« su, tout Paris s'en amusa ; on représenta im-
« médiatement le sévère tribunal sous forme
« de bûches en coiffures ou en perruques. »

Enfin, le fameux impôt sur les célibataires
était déjà en projet, ainsi que le prouve l'amusante anecdote suivante : « Le comte de Gué-
« menée s'emporte et dit que l'administration
« veut le ruiner, qu'il est hors d'état de suppor-
« ter cette charge... »

— « Mais vous êtes marié ! — Ah ! parbleu,
« vous m'y faites penser, je l'avais oublié ! »

Et cela prouve aussi l'indifférence totale des
époux. Le mari s'inquiétait fort peu de sa
femme, et vice-versa. Chose fatale, étant donné
la façon de comprendre le mariage. Les enfants
étaient destinés fort jeunes l'un à l'autre, sans
s'être jamais vus, mariés vers treize ou quatorze
ans, puis remis au couvent jusqu'à l'âge cano-
nique. Quelle affection pouvaient bien avoir ces
êtres les uns pour les autres ? Dans les *Lettres
récréatives*, on lit le passage suivant : « Mademoiselle de... est sortie du couvent ; elle est
fiancée, mais ne verra son mari que le jour de
la noce. »

Le fameux La Popelinière « épousa en
deuxièmes noces Mademoiselle de Mondran
sur sa seule réputation ! » (1) Mais vraiment

_____

(1) Goncourt.

il faut lire la lettre de Marie-Thérèse proposant une de ses deux autres filles en remplacement de l'Archiduchesse Josèphe, morte fiancée.

« Comme j'ai beaucoup d'empressement à « unir ma maison à la vôtre, je vous accorde une « des filles qui me restent. J'en ai deux qui « peuvent convenir : 1° l'Archiduchesse Amélie, « et l'autre, l'Archiduchesse Charlotte, d'un an « et de sept mois plus jeune que le Roi de Naples. « Je laisse à Votre Majesté la liberté de « choisir. » (1)

Ne dirait-on pas la vente d'un meuble quelconque ? Aussi quels ménages en résultait-il !... On disait couramment des plus grandes dames : « Elle est d'une tenue parfaite : elle n'a guère eu comme ami que Monsieur X, si ce n'est aussi Monsieur Z. » (généralement un acteur, du reste).

Et, au milieu d'une cinquantaine de livres feuilletés pour trouver ces notes ; c'est à peine si, de temps en temps, on trouve un exemple d'affection conjugale. Ils sont si rares que je ne résiste pas au plaisir d'en citer un : « La Marquise « de Choiseul, étant condamnée par les docteurs, « le Marquis, pauvre, n'hésite pas à engager une « terre (qui devait, du reste, revenir à la famille « de sa femme), pour acheter un collier de dia-

(1) De Nolhac.

« mants. Il l'apporte à la mourante, feint la joie,
« lui parle du prochain bal où elle le mettra et
« endort par cette coûteuse, mais chevaleresque
« comédie, les douloureuses heures d'agonie de
« son épouse. » Citons aussi le cri de Madame
de Maurepas perdant son mari : « Ah ! il y a
cinquante-cinq ans que nous ne nous étions pas
laissés un seul jour ! » (1)

Ce sont des exceptions. Tout le reste de la
société est livré à un tourbillon de fêtes, transformant la nuit en jour. L'habitude de veiller
était telle que l'on baptisait les femmes du
surnom de *lampes*. Plus elles étaient lasses de
plaisirs, plus elles en créaient de factices ; cette
exaltation arrivait à rendre malade l'insatiable
mondaine. Pour guérir ses vapeurs, elle suivra
n'importe quels conseils, et quand la mode
sera au traitement des bains, elle passera
quatre, six, huit heures dans l'eau. Madame
de Clagny, en quatre mois, consacrera douze
cents heures à cette cure humide !... « Car c'est
« un état bien difficile que d'être une jolie femme
« à Paris, écrit-on dans la *Galerie des Dames*
« *françaises*. Il fallait être de tout et partout :
« toilette, spectacles, soupers, jeu, le sommeil,
« les billets, les courses du matin ! On fait tout
« en courant, on trouve à peine quelques instants

(1) Cité aussi par Goncourt.

« pour recevoir ou faire des confidences ! »
C'est là, je crois, le cas de rappeler les mots d'un
philosophe : « La chose la plus difficile à
acquérir, c'est l'estime de soi-même. » Au
milieu des mœurs du XVIIIᵉ siècle, les gens,
ne pouvant s'estimer, firent tout pour s'étourdir.

La femme du XVIIIᵉ siècle ne craint rien
autant que la majesté dont se parait le siècle
précédent : elle n'aime qu'une chose : le changement, l'animation, le tourbillon ; il faut
« piquer » être « piquante » et aucune idée
n'est trop saugrenue pour y parvenir. Pour
l'élégante, la vie se résume à Paris. L'apaisante
campagne n'existe pas, ce n'est qu'après Jean-
Jacques Rousseau qu'on pensera à regarder
le merveilleux cadre où coulent nos jours.
Jusque-là, la vie au château, c'est l'exil, et si
un ordre du Roi contraint d'y rester, on y
emporte avec soi ses jeux, ses soupers, on y
attire ses amis, on s'y refait un salon.

Cependant, la nature ne nous donne-t-elle
pas des émotions plus belles que n'importe
quel spectacle artificiel ? Les poètes ont trouvé,
dans la contemplation des champs et des forêts,
leurs plus beaux vers. Ne faut-il pas voir, aussi,
dans cette folie du plaisir, où la mondaine du
XVIIIᵉ se jette à corps perdu, le résultat de la
marche anti-féministe du XVIIᵉ siècle ? Au
XIIIᵉ, en effet, on avait vu, (sans que nul ne s'en

étonnât,) des femmes voter dans les élections communales et siéger à la Cour des pairs. (1) Au xvᵉ, de savantes doctoresses exerçaient leur art sans que cette simple chose ait soulevé les polémiques ardentes d'aujourd'hui. Puis, une réaction s'était faite, et les droits féminins supprimés, il en était résulté un élan irrésistible vers les distractions extérieures, tant pour oublier, que pour remplir le vide d'une existence jadis utile et maintenant uniquement bornée aux rires et aux soupers. Or, (comme tout est excès chez la plus belle moitié du genre humain), pour ne plus se laisser taxer de « précieuses ridicules », elles s'appliquèrent à n'être que des « coquettes », des « poupées », sans suite dans les idées. Veut-on un exemple de la vie d'une Parisienne ? Lisons ce passage des Goncourt :

« On part pour aller à un cours du lycée.
« On rencontre la Marquise qui allait essayer
« des chapeaux. Immédiatement ordre d'aller
« chez la modiste. Arrivées au carrefour, on
« croise le baron ; il fait signe, la voiture s'arrête:
« — J'allais voir les nouvelles expériences du
« gaz inflammable. — Pas de danger ? — Non.
« — Alors vite, cocher, rue de la Pépinière. »
« Tout à coup devant un magasin, on aperçoit
« de jolies perruches, il faut descendre, les

(1) Abbé Naudet : *Pour la Femme.*

« entendre parler, s'extasier, on allait en acheter
« lorsqu'une voiture passe : C'est le Chevalier
« et Madame X..., ils aperçoivent ces dames.

« — Nous allons voir l'Imprimerie des aveugles. — Ah ! unique, délicieux, charmant,
courons-y tous ! »

« En chemin, on parle de tableaux de Drouais,
« le Chevalier avoue qu'il peint des fleurs.

« — Allons chez vous !... » On tourne bride.

« — A propos de fleurs, il paraît que le grand
« Serpentaire du jardin du Roi est fleuri, ce qui
« n'arrive que tous les 40 ans ? — Il faut aller
« voir cela ! Nous mourrons avant qu'il ne
« refleurisse. »

« Mais entre temps, on parle de sculpteurs,
« d'architectes, on a changé quatre fois de
« direction, il est tard, il faut revenir à la
« maison pour souper.

« — Ah ! mon Dieu ! et je devais aller au
« lycée. »

Notez qu'au milieu de cette surexcitation,
toutes ces femmes s'ennuyaient. C'est l'ennui
qui les ronge, qui les jette sur la première idée
venue, qui leur fait laisser ce projet pour un
autre plus riant, et aussi vite abandonné.

Sous la fébrilité de Mademoiselle de
Lespinasse ou sous la douceur de Mademoiselle
Aïssé, la divine Aïssé, c'est toujours une secrète
souffrance de femmes trop richement douées

pour ce siècle, de femmes qui ont tout appris, tout vu, tout lu, qui se sentent supérieures à tout le « Monde », (tel qu'il est) et qui restent avec un grand vide au fond du cœur. L'ennui est partout, au salon de la reine Marie Leczinska où tout le monde somnolait, réveillé en sursaut de temps en temps par les ronflements de Tintamarre, (le chien), gagné par la torpeur générale.

On le trouve sous la plume d'une Pompadour qui se révèle si triste dans ses lettres à son frère : « Partout où il y a des humains, mon « cher frère, vous y trouverez la fausseté et tous « les vices dont ils sont capables. » Et ailleurs : « Plus j'avance en âge, mon cher frère et plus « mes réflexions sont philosophiques... Vivre « seule serait trop ennuyeux, ainsi, il faut bien « souffrir les hommes avec leurs défauts, et « avoir l'air de ne pas les voir. »

La tristesse... ce qui coûtera si cher à la nation pour distraire l'ennui d'un monarque ! C'est ce qui entraîne Madame de Pompadour dans ces voyages continuels d'un endroit à un autre pour secouer l'apathie de Louis XV. C'est ce qui pousse la favorite à ces achats incessants de châteaux, pour offrir de temps en temps deux œufs à la coque à Sa Majesté. L'ennui... ce qui fait la force de la Marquise ; car c'est la création, sans arrêt, de distractions pour le souverain, c'est ce qui engloutira tant de milliards, c'est ce qui amènera l'idée d'un Parc aux Cerfs !

Mais, comme tout le monde, heureusement, n'est pas doué pour être favorite, que faisaient donc les autres grandes dames ? Fidèles aux modes passées, beaucoup se jetteront dans l'étude. On verra un boudoir appelé *les Délices*, simple cabinet vitré, contenant des cadavres pour les études anatomiques de Mademoiselle Biheron, actrice. On verra une Comtesse de Coigny, ne voyageant jamais sans emporter dans le coffre de sa voiture un corps à disséquer. Et cet amour de l'étrange se retrouve jusque chez la pieuse Marie Leczinska, conservant en grand honneur, sur sa commode, une tête de mort qu'elle appelait « La Belle Mignonne » et qui, dit-on, était le crâne de Ninon de Lenclos : (1) Et tout le monde connaît la célèbre collection d'*Histoire Naturelle* faite par Mademoiselle Clairon, achetée plus tard par Catherine II.

Eh bien, ce qui va nous sortir de ces idées macabres, et de cette putréfaction morale, c'est la Bourgeoisie. Au lieu de l'affolement du grand monde, la bourgeoisie est disciplinée, elle est presque austère ; elle est, d'instinct, restée janséniste. Une chose, chez elle, purifie tout : le travail. Ce n'est plus l'affolement des heures, la succession ininterrompue des projets que

(1) Docteur Cabanès.

l'on n'exécute point faute de temps. Les petites bourgeoises sont habituées à travailler ; certes, la fortune leur permet d'être belles et parées pour une fête, mais le lendemain, elles vont avec leur mère, au marché voisin, et aident la vieille servante à faire le gâteau quotidien. C'est dans la bourgeoisie que l'on retrouve la *vraie*, la bonne *honnête femme*. C'est dans cette classe qu'il faut aller pour voir le mariage traité d'une façon sérieuse : L'argent n'est pas le seul mobile décidant une union.

Cependant, comme dans ce siècle heureux entre tous, il semble qu'un coup de baguette suffise pour changer les destinées, presque toutes les bourgeoises étaient élevées d'une façon raffinée afin, (si le sort le décidait ainsi), qu'elles pûssent n'être déplacées nulle part. Elles ne cultivaient pas uniquement un art, mais elles les connaissaient tous ; elles avaient des maîtres de danse ; on leur apprenait les révérences de la Cour. Car, si elles étaient assez raisonnables pour ne pas vouloir gagner le renom par des actes douteux, du moins des exemples célèbres leur permettaient de garder l'espoir d'un événement inattendu changeant leur avenir. Des demoiselles Croizat, devenues duchesses de Choiseul ; des Julie Filleul, devenues marquises de Marigny ; des demoiselles Bonnier, devenues duchesses de Chaulnes ; des Dancourt, devenues de La Popelinière, les autorisaient à faire le même rêve.

Descendons quelques marches encore et regardons plus bas : le peuple. La femme du xviiie siècle gagnait huit à dix sous par jour. A ce régime, elle n'a ni l'insolent esprit de la grande dame, ni la correction de la bourgeoisie... et qui donc pourrait lui jeter la pierre ? C'est la misère, la misère atroce ; les jours sans feu, les enfants sans pain. Nées poissardes, elles restent poissardes, et ce sont elles qui feront les terribles tricoteuses de la Révolution. Elles n'ont que deux alternatives : ou la violence, ou l'abêtissement. Dans cette classe, Houdon choisira Lise, son modèle pour le buste de *la Sottise,* et un fait donnera l'idée de la stupidité où pouvaient croupir ces femmes. A l'occasion du mariage du Prince d'Artois, il était affiché qu'un certain nombre d'unions seraient faites aux frais du Prince. Lise se présente à la Mairie pour se marier : « — Eh « bien, avez-vous un amoureux ? — Je n'en ai « point, dit-elle étonnée, je croyais que la ville « fournissait tout !... » (1)

Et cette autre, à qui l'on demande comment se porte son mari : : « Bien, oh ! bien... le « pauvre cher homme, il a été enterré hier... « c'est jeudi matin que cela l'a pris. Eh bien,

---

(1) Cité par de Goncourt.

« lui dis-je, si j'envoyais chercher un prêtre ?
« On ne sait jamais ni qui vit, ni qui meurt... » (1)

Quelle naïveté, n'est-ce pas et comme ce dialogue peint bien l'ahurissement où vivait la majorité du peuple !

Dans ce xviiiᵉ siècle, il y a une partie de la Société tout à fait à part, avec sa physionomie toute particulière, et une influence unique dans l'histoire : c'est le monde littéraire. Chacun s'adonnait à la littérature ; les dames écrivent à perte de vue, non pas des romans, mais des lettres. Elles en font même la chose essentielle de leur existence : Madame Geoffrin s'imposait, comme loi, d'écrire deux lettres par jour ; Madame du Deffand fait plusieurs brouillons pour un simple billet.

Ce n'est plus le bavardage du xviiiᵉ siècle, les figures de rhétoriques, l'effet cherché, voulu. Au xviiiᵉ, dans toutes les lettres de ces femmes trépidantes, légères, folles, il y a ce paradoxe : la pensée. Les anecdotes ne sont qu'en post-scriptum. Vous pouvez ouvrir n'importe quel recueil de correspondance ; on commence par le genre d'alors, les phrases si aimables qu'elles ne veulent rien dire, les « cher cœur », « joli cœur » ; « on ne peut être plus jolie, plus spirituelle », les « il est difficile de réunir ce que

(1) Cité par de Goncourt.

vous possédez de qualités au point où vous les avez portées. » Enfin, tous ces riens confinant à l'insignifiance, auxquels il fallait tout l'esprit de quelques-unes, pour qu'ils parussent gracieux ; puis, insensiblement on arrive à une dissertation sur l'ennui, le bonheur, la vie, la mort, les sujets les plus graves, traités de main de maître ; on sent que, soudain, ces femmes se sont mises à réfléchir, et ce qu'elles disent, bien des écrivains envieraient de l'avoir trouvé.

C'est paradoxal, chez ces femmes, ce mélange du *trop sérieux*, avec cette inconcevable légèreté, cette profondeur de pensée avec la mièvrerie du style. Mièvrerie qui fait du reste le désespoir des contemporains. Le Comte X... écrit dans les *Lettres récréatives* : «La Comtesse m'envoie une « lettre où il y a tant d'esprit que j'en ai eu « mal à la tête tout le reste du jour. » Soudain, au milieu de ces phrases « insignificatives » (comme les taxe le même auteur) on trouve du persiflage que ne renierait pas Voltaire : « Que « vous m'étonnez en disant que Monsieur de... « a beaucoup d'esprit. Il y a plus de vingt ans « que nous sommes amis, et il me l'a toujours « caché ! »

Dans le milieu littéraire régnait une touchante solidarité. Les plus riches aidaient largement les plus pauvres. Pas une invitation n'était faite que le bon Mécène n'envoyât sa voiture à l'humble rimailleur ; pas une fête sans que Madame Geoffrin ne s'inquiétât de la robe que mettraient les femmes peu fortunées, et ne leur envoyât le nécessaire. Un Bernis, préoccupé de ne pouvoir payer une dette, arrive chez lui, trouve une cassette contenant une bourse d'or et ces mots : « On connaît votre situation. Voici douze mille livres. On se fera connaître quand vous serez en état de rendre. » Le hasard lui fit savoir, au bout de deux ans seulement, quel était le généreux ami.

Le baron d'Holbach, voyant un littérateur d'alors (1), fort triste, crut qu'un manque de fortune en était la cause. Il vient le trouver, le supplie d'accepter dix mille livres « dont il ne savait que faire », disait-il.

Quand Suard perdit la direction de la *Gazette de France*, il reçut une lettre contenant un contrat de huit cents livres de rentes perpétuelles. Il va chez le notaire, interroge..... « — Mais, Monsieur, j'ignore moi-même le « donataire. Au reste, ce n'est pas la première « fois que des offres de ce genre ont été faites « par le mystérieux bienfaiteur. » Pressé par ses amis, Suard accepte l'aide inattendue. Plusieurs années après, il sut que les généreux amis étaient Monsieur et Madame Necker.

(1) Suard.

Dans les plus petites choses on retrouve cette largesse spéciale à ce siècle. Un prince de Beauveau ne dédaigne pas d'envoyer fort souvent en cadeau des « pièces fugitives » (ainsi appelle-t-il les lapins). Chez les protecteurs des lettres on recevait les gens non pour ce qu'ils *étaient*, mais pour ce qu'ils *valaient* ; il y avait à certains jours table ouverte, ce qui faisait l'affaire des écrivains non enrichis encore. Quand Madame de Lambert mourut, chacun regarda son voisin : « — Où irons-nous dîner ? « — Mais chez Claudine de Tencin. » Quant à son tour , elle disparut : « — Eh bien, allons « chez Madame Geoffrin. » (1)

Claudine de Tencin avait l'habitude de donner en étrennes : deux aunes de velours à chaque poète sans fortune. Les grands, commençant à montrer quelque respect pour ce qui est intellectuel, un Roi de Prusse écrit à d'Alembert à l'occasion du décès de Mademoiselle de Lespinasse. Une Catherine de Russie demande à Madame Geoffrin des conseils pour tenir un salon. Un Joseph II, Empereur d'Autriche, visite, (lors de son passage à Paris), cette même Madame Geoffrin, simple bourgeoise. Madame Necker, quand elle n'était qu'une pauvre institutrice, recevait d'une Duchesse

_____

(1) Goncourt.

de la Rochefoucauld d'Anville, des lettres
terminées par : « Soyez persuadée, Mademoiselle,
« que personne n'est plus parfaitement que moi,
« votre très humble et très obéissante servante. »
Toutefois, cette bienveillance, cette courtoisie,
cette admiration est le privilège des nobles
esprits, de l'élite des gens de cœur. Pour les
autres nobles, ils sont restés comme au temps
où l'on dédaignait de dîner avec un Molière.

Aux moindres seigneurs il faudra une Révolution pour leur faire comprendre que tout
passe : fortune, beauté, prestige, honneur, une
seule chose demeure : la marque, l'empreinte,
la griffe d'un génie sur le siècle qu'il traverse.

BIBLIOGRAPHIE : Journaux du temps : *Mercure,
Gazette, Lettres récréatives, Galerie des Dames françaises,
Le vieux Cordelier, La Quotidienne, Le vieux Tribun, La
Bouche de fer, Le Messager du soir, Le Grondeur,
Chronique de Paris, Tableau de Paris* (Mercier),
*République des lettres, Toilette de Vénus, Le Miroir,
L'Accusateur Public, Courrier de Paris, Tableaux des
Prisons de Paris, Le Babillard, Nouvelles Politiques,
Journal de la Cour et de la Ville*, etc., etc., etc.
Mémoires : Ange Pitou, Aussonne, Mˡˡᵉ de La
Fayette, Mᵐᵉ d'Épinay, de Genlis, Bachaumont,
Besenval, etc.
Correspondance : Baron Grimm, Voltaire.
Études sur le XVIIIᵉ *siècle* : Baron de Batz, P. de
Nolhac, de Reiset, Goncourt, Houssaye, Docteur
Cabanès, Franklin, etc., etc.

CHAPITRE II

Les modes au 18ᵉ siècle

> Les intermèdes furent faits par
> la charmante Mˡˡᵉ Duflos, dont la
> voix exquise s'adaptait merveilleu-
> sement bien aux ariettes du temps
> passé.

MESDAMES,

MESDEMOISELLES,

MESSIEURS,

Après vous avoir dépeint le XVIIIᵉ siècle en général, nous allons le prendre en détail. Ne craignez rien, ce ne sera pas trop long : j'aurai pitié de vous. Les lecteurs devenant rares, à notre époque, il faut avoir quelques égards pour eux !...

La physionomie d'un siècle se fixe toujours, tôt ou tard, par un mot. Celui de Madame de Pompadour va nous donner une idée très nette de l'importance de la toilette au XVIIIᵉ.

« Je pense, disait-elle, que la grandeur de Dieu brille avec plus d'éclat sur un beau visage que dans le cerveau de Newton. » Je vous demande pardon de citer toujours Madame de Pompadour, mais la Marquise tient une si grande place dans ce siècle qu'on ne peut faire trois pas sans la rencontrer.

Les coquettes d'alors étaient toutes imbues de cet axiome un peu fantaisiste, et la toilette était une chose primordiale dans leur existence. Il en résultera, parfois, des tragédies imprévues : exemple Marivaux, fiancé, voulut, la veille du mariage, voir sa future femme, adorable amoureuse, et lui prendre un baiser. Horreur ! il aperçoit la jeune fille, minaudant devant la glace, prenant des poses, faisant des chatteries, s'exerçant à sourire... Le presque mari, outré, prit son chapeau et nul ne le revit.

Faisons comme le poète, glissons-nous furtivement auprès de la belle éveillée. Point n'est besoin de tant de mystère, ni de précautions. Car, à ce petit lever, vers onze heures, (on s'est couché si tard, ne fallait-il pas dormir ?) tout le monde est admis. On appelle ce moment « l'heure féminine par excellence ». Pendant que la gracieuse se coiffe ou se farde, les beaux esprits viennent faire leur cour. Là se disent les potins du jour, sous forme de couplets satyriques ; là se traitent les grandes affaires pendant qu'on fait le choix entre deux bonnets également tentants. Le Colporteur passe, monte (c'est si facile, toutes les portes sont ouvertes !...) il propose des almanachs que l'on feuillette un instant. (1) Puis le docteur arrive, complimente de la mine. Les chiens accourent en jappant, bousculant tout. On prend le plus aimé sur les genoux, au grand désespoir de l'habilleuse. On le câline, tandis que, d'un coup de patte, il fait choir quelques objets fragiles disposés sur la table.

L'abbé de fondation est présent, riant de tout, découpant les mouches que la jeune élégante va placer sur son visage, au hasard de sa fantaisie. Et quand le bichon impatiente ou a fait par trop de sottises, c'est l'abbé qui le prend, le flatte, le pose soudain à terre pour indiquer à la soubrette un pli trop roide, ou tendre à la marquise une dentelle seyant bien à la gorge nue. Pendant ce temps, l'obligatoire lecture du bréviaire est faite, dans quelque oratoire lointain, par le valet de chambre bien stylé. (2)

Au milieu de ce brouhaha se traitent les grandes affaires. Lors d'un duel entre le comte d'Artois et le duc de Bourbon, Besenval fut chargé de négociations délicates. Ne pouvant joindre la Reine, il cherche à isoler Madame de Polignac, mais il s'écrie dépité :

(1) Goncourt.
(2) « L'abbé de Voisenon, trop occupé, faisait lire son bréviaire par son valet de chambre. »

« Il est impossible de jamais suivre une
affaire avec les femmes ; cette éternelle toilette,
les valets qui entrent sans cesse, obligent toujours de discontinuer. »

Songez donc quelle importante chose c'était
de poser des mouches, du fard ou de la poudre ! !
Car on ne sortait jamais sans rouge. Cela n'est
point pour nous étonner ; ne rencontrons-nous
pas souvent, aujourd'hui, dans la rue, des
visages presque violets ? Cependant soyons
justes ; le xviiiᵉ l'emporte sur nous : les tons
violents étaient portés à un degré inouï.

Le chevalier X... disait à une femme excessivement peinte : « Vous ressemblez à un in-folio
relié en maroquin rouge. » Elle rit, en conve-
nant qu'il avait raison.

Il fallait que le rouge « dît » quelque chose.
Le rouge d'une femme de qualité n'était pas
le même que celui d'une bourgeoise, et pas du
tout semblable au rouge de Versailles ! Là
encore il y avait une savante gradation : le
rouge d'une présentation était plus accentué
que la teinte journalière.

A la rigueur, ce plâtrage aurait pu être une
sécurité pour le mari jaloux, car une grande
dame ne pouvait ni pleurer, ni se laisser embras-
ser ; elle avait absolument la tête des actrices
prêtes à jouer. A chaque émotion ou incident
il fallait renouveler la peinture ; nulle ne sortait

sans une boîte et des pinceaux dans sa poche. Le visage, au naturel, aurait semblé celui d'un cadavre ; on farda même Madame Henriette, fille de Louis XV, étendue morte sur son lit d'apparat !...

Marie-Thérèse, fiancée au Dauphin, ne voulait pas se composer ainsi la figure. On pensa que cette tête, blême par rapport aux autres, épouvanterait le Dauphin ; et il fallut un ordre du Roi pour décider l'Infante réfractaire.

Eh bien, cet accessoire, en apparence frivole, servit à souligner un beau courage féminin : devant la mort, Madame de Monaco ne trembla pas et prit le temps de mettre du rouge avant d'aller à l'échafaud.

Chaque femme avait donc, sur sa toilette, des collections complètes de ces ingrédients indispensables. Ajoutez-y du blanc pour le front, du bleu pour les veines, (les véritables disparaissant sous la couche, il fallait bien en tracer de nouvelles !), du noir pour les sourcils, puis des mouches. Grâce à ce travail de plusieurs heures, on arrivait à posséder cet air « piquant », grand succès de l'époque, plus prisé que la beauté, mais que nous qualifierons : « l'air qu'essaient d'avoir celles qui n'ont aucune séduction naturelle ».

Tous ces superflus étaient fort coûteux. Un pot de rouge coûtait de un à soixante ou quatre-

vingt louis. C'était un des commerces florissants :
une compagnie offrit cinq millions pour garder
le privilège de cette vente. Il fut même question de prélever un impôt sur chaque flacon
pour faire des rentes aux veuves d'officiers
pauvres ! ! (1) La célèbre Mademoiselle Martin
avait obtenu la permission de faire faire des
godets à fards, à Sèvres... exprès pour
elle ! (2)

Mais le grand art, c'était la pose des *mouches*.

On a donné plusieurs origines de cette mode
bizarre. Les uns la voient dans le hasard : On
raconte que Madame de Pompadour, au moment
d'aller à une fête, s'écorcha un petit bouton.
Cette rougeur était fort laide : la Marquise eut
l'idée géniale de cacher la cicatrice sous un
petit rond de velours collé. Le relief que donnait
au teint cette tache sombre eut un succès fou...
Dès le lendemain, tout le monde avait quelque
disgrâce de la nature à voiler sous la bienheureuse mouche.

D'autres disent qu'il était d'usage, à l'époque,
de calmer les rages de dents par un emplâtre
tendu de taffetas et que l'on posait sur la
tempe. (Dieu seul sait quel rapport entre la
tempe et la mâchoire !...) Quoi qu'il en soit, la

(1) Cité par de Goncourt.
(2) *Idem.*

mode fit fureur ; on en mit et de toutes les formes : en lune, en étoile, en croissant. Chacune avait son nom : sur le nez, l'effrontée ; sur les lèvres, la coquette ; sur le front, la majestueuse, etc. On vit même Madame Cazes en porter entourées de diamants ! Les hommes et les abbés n'étaient point insensibles à ce genre... Eux aussi essayaient, par cet artifice, de relever leur physionomie...

Massillon tonna contre cette mode :

« Que n'en mettez-vous partout ! s'écria-t-il, indigné. » Fatale parole !... Le lendemain, les dames de la Cour en mettaient sur leur décolleté. Nous nous moquons. Pourquoi ? Nous sommes aussi esclaves de nos modes actuelles. Lisons plutôt ce passage d'un des grands quotidiens de nos jours :

« Pardon, madame ! Où portez-vous la fos-
« sette ? Et d'abord, portez-vous la ou les
« fossettes ? Car il y a deux écoles... Vous riez.
« Je vois que vous n'êtes pas au courant.

« Eh bien, sachez-le, de même que la mode
« des favoris pour hommes du monde, celle des
« fossettes pour ladies nous vient tout droit de
« Londres, s'il faut en croire la *Frankfurter*
« *Zeitung.*

« Il est du dernier galant, outre-Manche,
« d'arborer soit deux fossettes — une de cha-
« que côté de la bouche — soit une seule, au

« menton. Voilà qui est parfait pour les per-
« sonnes jeunes et grássouillettes que la nature
« a pourvues de ce surcroît d'attraits. Mais les
« autres ?

« Les autres en sont quittes pour s'abandonner
« aux doigts magiques d'un spécialiste qui,
« moyennant vingt-cinq francs, leur façonne
« au visage la concavité requise. » (1)

N'avais-je pas raison de penser que nous
avons aussi nos petits ridicules ? Heureusement
pour les historiens futurs, qui trouveront ainsi
matière à conférence.

De la mouche, passons à la poudre et à la
coiffure, choses inséparables à cette époque. On
comprend aisément que l'on retarde la neige
des ans, mais quel bénéfice trouvaient nos
grand'mères à se blanchir ainsi ? Quoi qu'il en
soit, un coiffeur était une puissance avec laquelle
il fallait compter. On l'appelait « le premier
officier de la toilette des femmes ».

Madame de Pompadour dut faire des bassesses
pour que Dagé, (l'ex-coiffeur de la duchesse de
Châteauroux), daignât venir la coiffer. Il donnait des prétextes... « Je ne vais pas en ville... »
Enfin, poussé à bout, il répondit dignement :
« Je ne peux pas... je coiffais l'autre ! » Belle
leçon de fidélité pour tous les courtisans qui

(1) Clément Vautel. *Le Matin.*

s'inclinaient peureusement devant la nouvelle favorite !

La mode changeait si vite que le perruquier Léonard avait coutume de dire : « Autrefois » pour : « hier ». Il fallait à tout prix trouver du nouveau ou fermer boutique. De là vinrent les extraordinaires inventions qui nous étonnent encore.

Une dame arrive : « Je suis Anglaise, dit-elle, veuve d'un amiral ; faites-moi un bonnet. » Vite, avec des bouillons de gaze on simule une mer agitée. Une flottille est posée ; mettez çà et là quelques symboles autres, et voilà un chef-d'œuvre qui fait l'admiration de tous !

L'exécutrice de tant de merveilles, Madame Bertin, était un personnage ! Une riche dame va la voir. Elle trouve la fière modiste étendue sur une chaise longue. Madame Bertin salue à peine et sonne négligemment :

« — Donnez les bonnets d'un mois.

« — Mais je veux les plus nouveaux », risque timidement la dame.

« — Nous avons décidé, la Reine et moi, que les bonnets les plus modernes ne paraîtraient pas avant huit jours. »

Quand Marie-Antoinette fit son entrée dans Paris, Madame Bertin était en grande toilette à son balcon. La Reine fit un signe de la main. « Ah ! c'est Madame Bertin », dit le Roi, et il

applaudit. Or, en passant devant la célèbre
fenêtre, tous les courtisans saluèrent humblement.

Visitons donc les ateliers de coiffure. Ici, cet
échafaudage de cheveux, entremêlés d'une foule
de choses, représente un jardin, y compris les
allées, les grilles, le bassin (jet d'eau au besoin),
les plates-bandes, avec un rateau minuscule
qui semble oublié par mégarde. (1) Telle autre
emprunte à l'allégorie ses conceptions les plus
inattendues. Par exemple, le *Pouf au Sentiment,*
porté par la duchesse de Chartres. Au fond est
une femme assise dans un fauteuil et tenant un
nourrisson. A droite, il y a un perroquet becque-
tant des cerises ; à gauche un petit nègre. « Le
« tout, (ajoute Goncourt), est entremêlé des
« mèches de cheveux de *tous* les parents de Ma-
« dame de Chartres : père, mère, beau-père,
« mari, oncle, cousin, etc. »

Cette autre, (racontent les *Mémoires de la
République des Lettres*), représente un serpent
« si bien imité, qu'on dut en interdire la repro-
« duction étant donné les crises de nerfs provo-
« quées par son apparition ». Citons aussi
« l'aigrette-parasol » qui s'ouvrait et garantissait
du soleil !... N'est-ce pas une délicate attention ?

Les crânes des veuves supportaient *La Circonstance,* qui indique suffisamment le deuil

---

(1) Cité par Franklin et Goncourt.

par un cyprès et une corne d'abondance, (subtil
indice d'héritage, sans doute) ; le tout posé
sur une gerbe de blé — gerbe annonçant peut-
être la moisson de nouveaux hymens. A moins
qu'il ne faille voir là une terrible épigramme
sur la beauté mûrissante de la dame ! *L'Ino-
culation* consiste à porter sur le chef, le triomphe
du vaccin, habilement représenté par un serpent, une massue, un soleil levant et un olivier
couvert de fruits !... Un rien, vous dis-je ! Ici,
c'est un chasseur dans une plaine ; là, des montagnes élevées et une course de traîneaux.

Lorsque Marie-Thérèse d'Autriche vit un
portrait retraçant sa fille ainsi coiffée, elle poussa
un gémissement et se mit à pleurer. Elle refusa
le tableau, « disant qu'il y avait une erreur dans
l'envoi, puisqu'elle avait reçu le portrait d'une
comédienne et non d'une reine. »

Nous voyons-nous, (avec nos rapides moyens
de communication), attifées de pareils agence-
ments ? Que deviendrait le gracieux paysage,
où paissent les moutons, où figurent des bergères,
tandis que nous courrions après un autobus ?

Ces dames, (ou plutôt ces martyres), étaient
forcées de s'agenouiller dans leur voiture pour
avoir la hauteur nécessaire, ou bien encore de
pencher la tête à la portière, mouvement infini-
ment gracieux et reposant pour peu que la
course soit longue !

On imagina même un système pouvant modifier la hauteur des multiples étages dont se composait la coiffure féminine : grâce à un ressort habilement disposé, on la baissait pour passer sous les portes ou pour visiter une vieille parente aux idées arriérées. On la surélevait à l'entrée du salon à la mode ou du restaurant en faveur.

On raconte que Carlin, jouant à la Cour, devant Marie-Antoinette, se permit de mettre à son chapeau une plume de paon d'une excessive longueur. Cette aigrette, bien droite, bien relevée, ne trouvait pas de portes assez hautes, ce qui donna à l'ingénieux arlequin l'occasion de mille singeries. On voulait punir l'audacieux acteur, mais on sut qu'il avait agi par ordre du Roi.

Le directeur de l'Opéra, ayant pris les mesures les plus sévères contre l'envahissement de ces masses opaques, on créa, pour le théâtre, une coiffure basse, appelée « à la de Visme », nom du terrible directeur.

Il est facile de comprendre que ces échafaudages ne pussent être refaits que toutes les semaines, étant donné le temps nécessaire à leur exécution. Cependant Frédéric s'aliéna les faveurs de ses plus belles pratiques, pour avoir dit imprudemment « que ces dames perdaient « leurs cheveux parce qu'elles omettaient de

« peigner leur chignon natté pendant huit ou
« quinze jours. »

On juge de la propreté qui devait en résulter !..
De là, datent ces mains d'ivoire, montées sur de
longs manches et qui servaient à se gratter le
cuir chevelu.

Il y a quatre ou cinq ans, on démolit, rue
d'Argout, la maison où était descendue Charlotte Corday, et qui avait conservé, jusqu'à nos
jours, la petite fenêtre en retrait où l'étrange
créature avait certainement dû s'accouder la
veille de son crime. A quelques jours de là, il y
eut, (exposé pendant assez longtemps, dans un
humble magasin d'en face), une de ces sortes
de mains ayant appartenu, *dit-on*... à la célèbre
héroïne.

Une fois la coiffure terminée, on poudrait.
Les messieurs, en général, se mettaient sur le
palier, enveloppés d'un vaste peignoir, et le
visage emmailloté dans un cornet de carton
pour ne pas étouffer. Puis, à grands coups de
houppe, le coiffeur lançait le nuage odorant...
Et si quelqu'un, à ce moment, gravissait péniblement les marches, il n'avait qu'à gémir en
voyant son habit, tout à l'heure si net, brusquement sali par un surplus de poudre qui ne lui
était pas destiné !...

Quelquefois, il y avait une salle spéciale ; le
coiffeur lançait la poudre au plafond, d'où elle

retombait sur le patient. Cela s'appelait :
poudré à frimas ou *aux œufs*. Le ministre de
Marie-Thérèse, le célèbre Kaunitz, avait quatre
valets de chambre qui, chaque matin, souf-
flaient sur sa perruque « la quintessence de la
poudre ». Aussi, la consommation était devenue
telle que l'on pulvérisait tout pour suffire aux
besoins croissants : pommes de terre, marrons,
etc. (1) Ah ! cet art avait fait de grands progrès
depuis Henri III, l'innovateur de cette mode,
« et que l'on rencontrait dans les rues, dit d'Au-
« bigné, fardé comme une vieille coquette, le
« visage empâté de blanc et de rouge. »

Le langage était aussi apprêté que le visage.
On disait : « Zevalier, que c'est zentil » parce
que la bouche est plus jolie en faisant la moue
nécessaire pour prononcer le Z ! Et Madame de
Préaudeau s'écriera sans hésiter, à l'exécution
de Damiens, écartelé pour avoir tenté d'assassiner Louis XV : « Ah ! les pauvres zevaux !
que ze les plains ! » Cette façon de parler était
de la dernière élégance.

Les modes de Londres étaient très en faveur.
Du reste, tout ce qu'inaugurait une étrangère,
était trouvé posséder plus de cachet, et toutes
les mondaines l'adoptaient immédiatement.
Ainsi pour la coiffure... Les dames portaient

(1) Cité par Franklin.

depuis longtemps les Fontanges hautes ;
Louis XIV avait demandé, (et même exigé), une
réforme sur ce chapitre. Ce fut en vain.

Or, il suffit que la duchesse de Shrewsbury,
ambassadrice d'Angleterre, vînt à la Cour avec
un chignon bas, pour que d'une heure à l'autre
la révolution capillaire demandée sans succès
par le Roi fût accomplie par une femme. Je ne
sais si c'est de France ou d'Angleterre que vint
la vogue des gants d'été « garnis de plumes
frisées » et nommés *barbichets*. Nous ne nous
figurons guère une mode de ce genre ! A cette
époque, les messieurs ne se gantaient que pour
la chasse. La duchesse d'Abrantès (?) relate
un vieil usage :

« Quand les cavaliers, revenant à l'écurie,
« oubliaient de sortir leurs gants, un palefrenier
« allait immédiatement cueillir un bouquet de
« fleurs et l'offrait. C'était le rappel d'un droit
« à une amende et le gentilhomme n'avait
« qu'à s'exécuter. » (1) Pour offrir la main on
retirait son gant ; de là l'expression : « L'amitié
passe le gant. »

Une des innovations les plus amusantes fut
la canne pour les femmes. Inutilité devenant
une nécessité, étant donné les talons si hauts.
En effet, le comte de Vaublanc écrit : « Sans

(1) *Mémoires*, duchesse d'Abrantès.

« l'aide de la canne, la femme, ne pouvant
« assez se raidir en arrière, serait tombée sur
« le nez. » On inventa les cannes ayant des
verres aux deux bouts, l'un oculaire, l'autre
objectif. On s'en servait comme d'une lunette
d'approche ! Il y eut aussi les cannes *à la
Bermécide,* une comédie qui fut un four : elles
étaient munies d'un sifflet !...

Pour être juste, il faut dire que les hommes
n'étaient point exempts de ridicules. Les cra-
vates étaient si longues qu'un jour, un arlequin,
(dans une comédie italienne), parut au théâtre
avec une cravate passant entre les jambes et
revenant par dessus l'épaule. Les messieurs
*furent piqués au vif ; immédiatement les cra-
vates diminuèrent.* Ajouterons-nous que les
hommes portaient des manchons ?... (1)

Le luxe du linge n'était pas poussé à l'excès.
Un élégant mettait une chemise blanche tous
les quinze jours. On cousait des manchettes en
Malines sur une chemise sale ; on poudrait le
col pour cacher, sous une hypocrite blancheur,
l'irréparable outrage des ombres accumulées.
Cette bizarre solution n'amenait qu'une chose :
des marques blanchâtres, dénonciatrices, sur
les parements des vestes.

Quelques-uns attendent au lit que la blan-

(1) Voir les *gravures* de l'époque.

chisseuse arrive. « Ils ont la tête bien poudrée, mais pas de linge », dit Sébastien Mercier. C'est ainsi que Dufrény, descendant de Henri IV par des chemins de traverse, fut conduit à épouser la blanchisseuse qui venait lui réclamer sa note. « Je vous épouse, lui dit-il, et mets « dans la corbeille les trois cents livres que je « vous dois. » (1) Ridicule mariage qui scandalisa le roi de France, lequel avait déjà donné plus d'un million au prodigue bâtard. Quelques temps après, Dufrény, se moquant de l'abbé Pellegrin qui n'avait pas une lingerie très nette, s'attira cette verte réponse : « Il n'est pas donné à tout le monde de pouvoir épouser sa blanchisseuse. »

Les Parisiens raffinés se faisaient blanchir en Hollande. Quant aux habitants de Bordeaux, ils avaient des blanchisseries à... Saint-Domingue !... et faisaient faire leurs chemises à Curaçao !... Très pratique, comme on le voit.

La richesse d'un homme se distinguait à ses boucles. Elles furent même si larges qu'elles blessaient la cheville opposée. Las de souffrir, le comte de Vaublanc osa diminuer ses boucles ; il devint l'objet des moqueries de tous. En 1790, un enthousiasme patriotique poussera les riches possesseurs de ces boucles d'or, ornées

(1) Houssaye.

de diamants, à les donner au Trésor de la Nation. Le marquis de Villèle apporta, en brochette, dit-on, toutes celles de sa maison. (1)

Les femmes, outre leur coiffeur, avaient une haute considération pour leur bottier. Déjà la première phrase : « Madame la Marquise, vous avez un pied fondant... » (2) disposait la belle acheteuse à l'indulgence. Un deuxième compliment, adroitement tourné : « Quoi ! ces souliers Wisigoths pour une si grande dame !... » (3) achevait de décider notre étourdie à faire l'achat de brodequins enrichis de diamants, la raie de derrière brodée d'émeraudes. Oh ! pauvres maris ! Et la note !

Monsieur de La Luzerne raconte qu'arrivant un jour chez un cordonnier, il aperçoit, de ci, de là, les portraits des plus grandes dames, avec des dédicaces. Le marchand arrive et met le comble à la surprise du Comte, en l'invitant, sans façons, à dîner... « Ma femme est jolie !... J'attends aussi d'autres invités... Nous devons jouer *Œdipe* après souper ! »

Une fois notre toilette finie, il s'agit de consacrer quelques instants à l'*indisposition* en vogue : « les vapeurs ». Cette maladie consiste à ne rien avoir ; on est souffrant pour consulter le

---

(1) Goncourt, Franklin.
(2) Goncourt.
(3) *Idem.*

Docteur, recevoir les amis, faire circuler des
bulletins de santé, donner dans les lettres des
nouvelles de sa santé, etc. Parfois les hommes
se lassent : « Si vous aviez vu comme moi cette
« Comtesse, vous me pardonneriez d'avoir des
« vapeurs », écrit l'un. Et plus loin : « J'arrive
« d'une maison, l'antipode de notre Comtesse
« gigantesquement savante. La conversation
« des dames, quoique remplie d'esprit, parais-
« sait la simplicité même. On n'allait point
« chercher les mots, ils venaient à propos. Je
« me ferai mettre en pièces, après un tel entre-
« tien, pour soutenir que la société des femmes
« est agréable. »

Contons un bon tour, joué par certain chevalier à des marquises trop fragiles. Il conduisait
dans son carrosse deux amies à Versailles, pour
assister à une fête. Comme on arrive à l'entrée
du pont de Sèvres, voici les belles peureuses
s'exclamant « que tout est perdu », « que le
carosse va verser », « qu'elles vont passer par-
dessus le parapet »... Elles respirent des sels,
ferment les yeux, poussent des cris d'effroi...
Le chevalier aussitôt s'élance hors du carosse,
fait rebrousser chemin, ramène les vaporeuses
chez elles, malgré leurs regrets et leurs protes-
tations. Elles jurèrent, mais un peu tard, qu'on
ne les y prendrait plus.

Disons que les hommes étaient aussi femmes

que les femmes. L'auteur des *Lettres récréatives*
peste contre cet engouement : « Elles aiment la
« parure, dit-il, nous les aimons ; elles épilo-
« guent... nous épiloguons ; elles ont des va-
« peurs... nous en avons ! »

Ces vapeurs n'avaient qu'un avantage : elles
faisaient un peu demeurer la femme « at home ».
Là, dans un boudoir coquet, aux soies de tons
pâles, elle restait étendue, ou bien taquinait
d'un doigt léger le clavecin, trop négligé aux
jours des courses folles. C'étaient les seules
heures de liberté consacrées à feuilleter le livre
ou déchiffrer les romances à la mode. Elles sont
gracieuses, mutines comme tout, dans ce siècle.
On y va du berger à la bergère, et l'on revient
de la bergère au berger. Si une grande dame
est mise en cause, on l'habille du corselet des
fermières ; et, à travers les âges, elle nous sourit
encore, sa houlette fleurie à la main !... C'est
étonnant cette prédilection à parler de l'inévi-
table Jeannette, de la fleurette, de la prairie et
du ruisseau, toutes choses inséparables d'un
conte ou d'un chant essentiellement XVIIIe.
On retrouve cette étrange manie dans les tableaux, les gravures, et cela nous déroute
d'autant plus que ces mondains n'aimaient pas
la nature ! Peut-être est-ce précisément parce
qu'ils n'avaient pas le temps d'aller la contempler chez elle, qu'ils la faisaient ainsi graver et

peindre dans leur somptueuse demeure. C'est parce qu'ils n'avaient pas le loisir d'en comprendre le charme au dehors, qu'ils aimaient la chanter dans les salons luxueux et s'attendrir aux langoureuses plaintes d'une romance. Oh ! les jolies femmes d'antan, jeunes dans leur cadre vieillot, et dont le clair regard nous suit !... Comme je préfère leur sourire plein de grâce et de finesse à celui, trop apprêté et trop inquiétant de la Joconde !... Elles aussi semblent écouter une musique, l'épinette aux sons grêles et adoucis ; et, charmées, elles oublient de respirer la rose mi-close, offerte l'instant d'avant par quelque beau jeune homme amoureux...

Puisque nous sommes aux fleurs, parlons de ce qu'elles nous donnent : les parfums. Il était une attention assez jolie : l'amant devait employer la même odeur que sa Dulcinée. On découvrait ainsi les intrigues, grâce aux effluves révélatrices. Bien entendu, il y avait abus, et les petits-maîtres, voulant se donner l'air de bonnes fortunes accumulées, changeaient d'essences chaque jour. Beaucoup faisaient faire leurs parfums, afin qu'ils ne ressemblassent à ceux de personne. Sur tous les guéridons on trouvait un volume intitulé : *La Toilette de Vénus* contenant ces précieux renseignements. Ce livre recélait, au surplus, mille et une recettes afin de conserver jeunesse, fraîcheur, beauté... et les rendre, au besoin...

On y vantait un onguent... « pour effacer les marques de la petite vérole et en *remplir* les creux »... C'est très commode, n'est-ce pas ? Ici, il s'agit d'acquérir de la mémoire. « Il suffit, dit-on, de manger un cœur d'hirondelle. » Deux personnes ayant essayé, eurent des mouvements convulsifs, l'une au cou, l'autre au bras. Et l'on dira, d'après cela, que les remèdes n'agissent point suffisamment !...

Par contre... « c'est une très mauvaise mé-« thode que de laisser la fenêtre ouverte et de « ne pas avoir de rideaux à son lit » remarque gravement l'auteur. C'est pour cela qu'à Versailles, les croisées étaient garnies pendant tout l'hiver de bandes collées, ce qui empêchait absolument d'ouvrir, ni jour, ni nuit. On ne s'étonne plus, alors, du mouvement de recul du célèbre docteur pénétrant pour la première fois dans une des chambres du palais, où agonisait la Dauphine, atteinte de phtisie. Son premier cri, après une suffocation bien compréhensible, fut : « Ah ! ouvrez, ouvrez... de l'air !... »

Si vous avez mal aux dents, vous pouvez user du système suivant : « On calme ce mal « par simple attouchement, mais auparavant il « faut que l'opérateur ait tué une taupe, (encore

« faut-il la tuer d'une certaine façon), en la
« tenant sur le dos, les deux premiers doigts et
« le pouce placés suivant des rites spéciaux. Il
« ne faut point l'étouffer trop vite. Ensuite, il
« s'agit de déchirer la taupe par morceaux, s'en
« frotter la main, se ganter, puis faire cuire la
« taupe jusqu'à la réduire en cendres; se déganter,
« ter, se frotter à nouveau la main avec cette
« cendre, remettre le gant, le garder pendant
« trois jours. Après quoi on guérit toutes les
« odontalgies du monde par simple contact. »
Gardez soigneusement ce secret et ce sera la
ruine des dentistes ! Du reste, un jour où vous
aurez le temps, vous pouvez essayer... seulement
ment si vous oubliez une chose... c'est comme
pour les robes boutonnées dans le dos, il faut
tout défaire et recommencer !

Voici maintenant « une pommade (! !) qui
guérit du spleen ». Et j'avoue que cela laisse
rêveur... une pommade pour le spleen... c'est
gentil... Mais voici plus sérieux : c'est une mixture
ture « qui fait ressembler le visage comme à
vingt ans » ! Est-ce assez agréable ? Il est si
simple de rajeunir... d'après les recettes... hélas !
Ce livre est vraiment un trésor... Mais sommes-
nous sûrs, malgré tous ces secrets de rajeunissement,
ment, que les coquettes du XVIIIᵉ l'aient emporté
en beauté sur toutes les femmes qui les ont précédées
cédées ou suivies ? Non : dans ce siècle, comme

dans toute la suite des ans, les mondaines qui ont voulu rester séduisantes, ont eu l'adresse de deviner qu'une seule jeunesse est éternelle : celle du cœur et de l'esprit.

Les longs préliminaires de la toilette étant achevés, la femme était, enfin, prête à sortir... peut-être pour aller à un mariage admirer la toilette de la fiancée, (les jeunes filles ne se mariaient pas toujours en blanc, à cette époque, et chacune pouvait donner libre cours à sa fantaisie), (1) ou bien notre mondaine allait, (non pas à un enterrement, les femmes n'y paraissant jamais), mais à la maison de l'amie affligée, pour y porter ses condoléances. On l'introduisait dans la chambre de la veuve, chambre qui devait être tendue de gris pendant toute la durée du deuil. Hélas ! plus de diamants, plus d'atours.. Cependant les perles étaient autorisées... Pourquoi cette exception ? Mystère. Pour ces visites, il eût été fort ennuyeux de mettre des robes sombres, surtout quand on a le teint vermillonné ; l'usage, heureusement, arrangeait tout au gré des désirs : dès l'antichambre, des valets cachaient sous de longs manteaux noirs les toilettes claires des visiteurs ou visiteuses. Ils reprenaient ces houppelandes à la sortie, et vous

(1) Franklin.

vous trouviez, à nouveau, toute parée pour la plus gaie des réunions !...

La mode, aux repas, fut, longtemps, de couvrir les plats. On craignait tant les poisons que c'était une mesure de prudence généralement observée. Il nous en est resté l'expression : « Mettre le couvert ». Nous serons légèrement étonnés de savoir que, même en 1749, dans les maisons qui n'étaient pas excessivement riches, chacun se servait avec la cuiller, au plat !... Et cela rappelle le temps où, les fourchettes étant fort rares, chaque invité avait coutume d'envoyer, quelques minutes avant l'heure du dîner, un valet porteur de sa cuiller et de sa fourchette !... Le café, si répandu aujourd'hui, était alors le signe d'une richesse énorme. Un historien, invité chez Madame Necker, je crois, note avec enthousiasme : « On servit du café et *il y en eut pour tout le monde!...* »

Après le souper, les visites arrivaient ; on abordait, avec des démonstrations d'amitié les plus vives, quelqu'un dont on oubliait le nom, à peine les talons tournés. On contait les moindres événements avec des exagérations de paroles extravagantes. Je ne résiste pas au plaisir de vous lire ceci :

« Quels malheurs que ceux qui nous accom-
« pagnent ! Quelle existence que cette triste
« vie ! Quelles catastrophes que ces événements

« tragiques auxquels on est exposé ! Est-il per-
« mis que le ciel m'ait fait naître pour m'acca-
« bler de tant de maux ? Les jours qui me
« restent vont devenir mon supplice. Je n'at-
« tends plus que des angoisses, des douleurs,
« des déchirements ! » Cela continue pendant
trois quarts d'heure. Savez-vous quel était
l'être cher que pleurait ainsi cette comtesse,
au milieu de ses amis consternés ? Un père, une
mère, un enfant ? Fi donc ! vous n'y connaissez
rien !... Il s'agit de son chien !...

En résumé, voici le programme quotidien des
journées : On se lève à onze heures ou midi ; on
fait une très longue toilette. On parcourt quelques brochures ; on dîne de 1 heure à 4 heures,
après quoi on sort pour aller faire des achats
inutiles, en ayant bien soin d'oublier les choses
urgentes. Puis, une promenade aux Tuileries
quand le jour baisse, car c'est le seul moment
chic. Là on rencontre des amis, on décide sou-
dainement une partie, un souper fin... De toutes
ces fatigues, il faut bien se reposer un peu... et
c'est pourquoi on va à l'Opéra. Mais peut-on
se séparer, sitôt la pièce finie ? Faut-il aller se
coucher, à peine minuit, comme de vulgaires
bourgeois ? Non ! Et les voilà courant à des fêtes
nocturnes, à d'autres soupers qui les retiennent
jusqu'au petit jour. Alors on revient chez soi,
persuadé qu'on s'est très bien amusé... On se

couche, fiévreux, malade, les traits tirés, et...
l'on recommence !

La Révolution a-t-elle vraiment bien changé
tout cela ?

BIBLIOGRAPHIE : Journaux du temps : *Mercure,
Gazette, Lettres récréatives, Galerie des Dames françaises,
Le vieux Cordelier, La Quotidienne, Le vieux Tribun, La
Bouche de fer, Le Messager du soir, Le Grondeur,
Chronique de Paris, Tableau de Paris* (Mercier),
*République des lettres, Toilette de Vénus, Le Miroir,
L'Accusateur Public, Courrier de Paris, Tableaux des
Prisons de Paris, Le Babillard, Nouvelles Politiques,
Journal de la Cour et de la Ville*, etc., etc., etc.

Mémoires : Ange Pitou, Aussonne, Mˡˡᵉ de La
Fayette, Mᵐᵉ d'Epinay, de Genlis, Bachaumont, Bezenval, etc.

Correspondance : Baron Grimm, Voltaire, etc.

Etudes sur le XVIIIᵉ *siècle* : Baron de Batz, P. de
Nolhac, de Reiset, Goncourt, Houssaye, Docteur
Cabanès, Franklin, etc., etc.

CHAPITRE III

Les salons du 18ᵉ siècle

Le pamphlet anecdotique fut récité
par Mˡˡᵉ Balouzet avec sa grâce et
son charme habituels.

MESDAMES,
MESDEMOISELLES,
MESSIEURS,

Aujourd'hui, nous étudions dans le
XVIIIᵉ siècle les excentricités et les salons.

Commençons par le chapitre des excentricités.
Oh ! il abonde en faits : depuis Louis XV
donnant *six mille* livres à Madame de Pompadour
pour la récompenser d'avoir bien voulu se
laisser saigner, jusqu'au Cardinal Dubois, qui —
au brusque souvenir de son incroyable fortune,
— se mettait soudain à bondir, tel un fou, et
faisait le tour de sa chambre en courant des
tables aux chaises, sans mettre pied à terre.

Depuis Marie Leczinska, tellement peureuse
qu'elle ne pouvait s'endormir sans tenir la

main d'une de ses suivantes, (à la grande
contrariété du Roi), jusqu'à un duc de Richelieu,
osant faire une collection unique dans le monde...
celle des boucles de cheveux de ses multiples
amies, avec leur nom écrit au-dessous, accolées
à la date de la victoire et à celle de la lassitude ;
le tout, suivi de quelques réflexions personnelles :
comparaisons flatteuses ou pas... Cette collection
existe encore.

N'est-ce point de l'originalité, ce seigneur de
Brunoy faisant jeter des flots d'encre, dans ses
lacs, afin qu'ils « portassent le deuil du Marquis,
son père ? » Ou bien ce duc de Chartres improvisant à Mouceaux, un coin simulant l'Inde, « sous
un firmament de verre éternellement bleu, posant
sur une allée de marronniers peints » ; et, dans
cette serre unique, faisant venir caféiers, pal-
miers, bananiers ?

On dirait que les événements s'organisent
à plaisir pour faire jaillir les antithèses les plus
incroyables : une prude reine Marie prend pour
secrétaire le galant Moncrif, tandis que l'abbé
de Bernis sert de copiste à une sémillante
Pompadour.

C'est une étrange confusion, dans tout, et
pour tout. La Bourgeoisie est maintenant *un
état*. Enrichie, elle a les plus grosses charges,
et ses filles épousent les plus grands seigneurs.
C'est peut-être ce qui influe sur la marche des

choses ; il semble que tous les appétits soient lâchés ; que les uns, parvenus, veuillent en quelques années s'abreuver du luxe si longtemps convoité ; et que les autres, voyant l'influence leur échapper, aient voulu, dans un dernier feu de joie, s'enivrer des belles choses de la vie. Notez qu'ils sont tous aussi stupéfaits : les uns d'être descendus sans y prendre garde, les autres d'être montés si vite. Madame de Pompadour écrira : « Je m'imagine lire un livre bizarre ; « ma vie est un roman impossible, je n'y crois « pas. »

Et puis facilitant tout cela : cette royauté qui s'endort, ce roi, « plus fermier-général que roi », (1) n'arrêtent ni la descente de ses pairs, ni l'ascension des couches nouvelles.

Il faut dire que ces mélanges étranges, donnent un cachet unique à ce temps ; et de la fusion de ces deux sociétés, (peu faites pourtant pour s'entendre), naissent les délicats objets d'art que nous admirons encore. Dans ce coudoiement, encore poli, de deux classes, l'une qui veut monter, l'autre qui va sombrer, il y a une urbanité ne durant qu'un instant, mais qui suffit à faire de cette époque décadente, le plus pittoresque de nos siècles.

Le Tiers-Etat, ne connaît pas encore sa

---

(1) Houssaye.

force. Et son travail, son ardeur à produire, à se faire connaître, emprunte à l'aristocratie qu'elle frôle, un peu de son élégance et de sa grâce. Nous retrouvons ces deux qualités dans tous les Fragonard, Greuze, etc. D'autre part, la noblesse ne se doute ni de sa faiblesse, ni de sa chute prochaine ; et elle apporte dans ses rapports avec sa prochaine ennemie, la seule chose qui lui reste et lui restera toujours : une politesse exquise, celle que peuvent *seules donner* plusieurs générations d'affinement.

On dirait que, (devinant la future parole du philosophe : « La politesse aplanit les rides »), ils l'aient modifiée à leur usage, et qu'ils aient voulu qu'on dise d'eux : « Leur politesse fit oublier leurs erreurs. » Quelquefois, ce désir de fusionner, va un peu loin, et nous sursautons en entendant le fils de Marie-Thérèse, (très désireux de connaître Madame du Barry), s'écrier : « Elle « est Comtesse, elle fait la dame, qu'ai-je à voir « pourquoi le Roi la décore de titres ? »

A ce moment du XVIIIᵉ siècle, on est surpris de voir la puissance se déplacer. Evidemment, Versailles a toujours son prestige ; mais ce n'est que le reflet du grand siècle ; ce n'est que l'*habitude* de considérer cette Cour comme le seul lieu du monde où l'on puisse vivre et se faire un nom. En réalité, la puissance, l'influence, la gloire sont à Paris, dans les salons. Cela tient

à une cause très nette ; ce n'est plus le roi qui
pensionne, ce sont les financiers ; c'est donc
autour d'eux que gravitent toutes les étoiles
qui ont besoin d'un soleil.

Et puis, l'étrange caractère du Roi n'était
pas fait, (comme celui de Louis XIV), pour faire
naître la confiance. Par exemple : Louis XV
voyait Bernis presque chaque jour chez la
Marquise, mais il resta trois ans sans lui adresser
la parole, tant était grande, (sous un orgueil
apparent), la timidité de ce Monarque ! (1) De
plus, les idées philosophiques qui germaient, ne
pouvaient guère éclore à la Cour. Pour la flo-
raison de ces théories, il fallait la liberté d'un
salon où l'on pût parler sans craindre d'être
mis à la Bastille.

Enfin, à Versailles, on est trop préoccupé de
plaisirs ; ou, (lorsque la maladie vient gratter
à la porte), trop préoccupé de réparer, par une
confession hâtive, les erreurs de sa vie. Madame
de Pompadour, elle-même, emploiera ses dernières forces, moins à protéger les arts, (comme
elle l'avait fait jusque-là), qu'à essayer de
convaincre le père de Sacy de l'absoudre, sans
cependant la forcer à laisser sa place auprès
du Roi !... Les philosophes n'ont que faire de
ces subtils accommodements avec le ciel. Ils ont

(1) Cabanès.

d'autres soucis ; et sans prévoir les horribles journées qu'ils feront passer à la France en délire, ils vont vers leur but : non leur propre bonheur ou la paix apparente de leur conscience, mais le bonheur et la paix de trent-huit millions d'hommes. Par conséquent, à Versailles, c'est une royale agonie, dans un décor somptueux, (je le veux bien) ; agonie du luxe et agonie de l'art, puisque depuis le xviiiᵉ nous n'avons rien créé (le style Empire mis à part, encore est-il discutable !)

Laissons donc la Cour, et venons trouver la vraie vie, à Paris, dans les salons. Ils se divisent en deux catégories. Ceux où l'on fait des excentricités, puis ceux où l'on pense. Commençons par les « originaux » : Il y avait celui de Madame de Luxembourg qui, — prétendant que les femmes apportaient l'ennui dans la société, — avait organisé des dîners d'hommes. Pour lui faire pièce, la comtesse de Custine mit en honneur un dîner exclusivement composé de femmes. Elle avait choisi, pour cette réunion, le jour où les maris allaient chasser à Versailles.

Pour rompre la monotonie des réceptions, chacun inaugure des fantaisies plus ou moins heureuses. Ici, c'est Madame de Forcalquier qui invente la fête des Chapeaux. Elle attendait ses invités sur le perron, prenait leur couvre-chef et le jetait par-dessus la terrasse, dans un petit bois très en contre-bas. (1) Là, c'est une grande dame, transformant ses salons en café, avec tables, cartes, échecs, vente des brochures. Une Marquise trône à la caisse et les duchesses remplissent le rôle de serveurs, transportant sur des plateaux des liqueurs que l'on demande en heurtant une soucoupe, pour appeler l'attention, et en criant : « Garçon ! » (2)

Un autre jour, c'est Madame de Mazarin qui imagine l'entrée sensationnelle d'un petit troupeau de moutons, pomponnés, enrubannés, l'effroi des animaux qui s'enfuirent, bousculant tout, cassant tout, renversant même quelques spectatrices apeurées. (3)

Plus que le goût, ce qui domine, c'est le prix que coûte une fête, un dîner, un plat. La comtesse Dash, écrivant, par exemple, une réception du célèbre Bouret, nous dit que « des oiseaux, « ressemblant à des étoiles, à des pierres pré- « cieuses, voltigeaient et chantaient sur les « branches, (on était en novembre). Chaque « invitée avait son plat favori ; Madame de « Flavacourt qui adorait les cailles, en eut avec « des plumes d'or, des becs et des pattes enrichis « de diamants ; Madame de Bouflers qui disait « se faire fouetter pour du saumon à la proven-

(1) Cité par Goncourt.
(2) *Idem.*
(3) *Idem.*

« çale « aperçut un monstre ayant de gros
« saphirs à la place des yeux. La sauce était
« faite dans une casserole d'or émaillé. »

Ce Bouret était le richissime financier dont il
est question deux chapitres plus loin ; il mourut
dans la misère... cela ne nous étonne pas. Mais,
— célibataires mis à part, — c'étaient toujours
les femmes qui organisaient les fêtes. Quelques
parvenues n'étaient guère instruites, « mais,
« parce qu'elle recevait, écrit l'un, quoiqu'elle
« ne connût ni sciences, ni arts, ni pays, cela
« ne l'empêche pas de passer pour très savante.
« Il est vrai aussi que son ton était décisif et
« tranchant. » Et cela en impose toujours. Tant
d'ignorances se dérobent, souvent, sous un air
arrogant !

De cette autorité de la femme, dans la maison,
naît une nouvelle formule : « Madame est servie »
« dîner chez Madame une telle ». Le mari reste
dans la pénombre ; et s'il veut arriver, en politique, en littérature, c'est sa femme qui, par sa
grâce, son habileté, réunit autour de son époux
les forts qui l'aideront : son influence fera la
moitié de la réussite. Cela rappelle la maxime
très simple, très bourgeoise, mais que l'on
devrait répéter chaque jour aux petites filles
qui deviendront épouses : « Les femmes font et
défont les maisons. »

Dans ces réceptions, le plus grand souci de la

maîtresse de céans, c'était de lutter contre le
froid qui régnait dans ces immenses pièces ;
l'ennemi, c'était le courant d'air faisant frisson-
ner les épaules nues. C'est qu'il n'y avait pas
nos moyens de chauffage perfectionnés ! De fort
mauvais poëles essayaient vainement de réchauffer les corridors. Quelques années auparavant,
Tallemant des Réaux, contait qu'il était d'usage
de mettre plusieurs vêtements les uns sur les
autres. Il ajoute : « Quant aux bas, pour ne pas
en mettre plus d'un côté que de l'autre, je
mettais un jeton dans une escarcelle, à mesure
que j'enfilais mes bas, et je n'avais plus qu'à
compter les jetons pour savoir combien il me
fallait de chausses pour le côté opposé ! » (1)

Madame Dash, nous dit quelque part, à
propos de Damien : « La rigueur du froid
obligeait chacun à s'envelopper dans des manteaux et des redingotes »...

N'est-ce pas le cas de rappeler l'histoire
suivante ? « Madame du Deffand, toujours
« souffrante, passait dans son lit la moitié de sa
« vie, ce qui ne l'empêchait pas de recevoir.
« Un jour, plusieurs visites arrivent à la fois,
« chez elle. Elle était couchée. On se plaignit,
« en entrant de la fraîcheur de la chambre.
« — Comment, dit-elle, il fait donc bien froid ? »

(1) Cité par Franklin.

« On l'assure qu'il gelait à pierre fendre. Alors,
« Madame du Deffand, sonne précipitamment ;
« on était charmé, on crut qu'elle allait demander
« du bois, augmenter le feu... » — Apportez-moi,
« dit-elle, un autre couvre-pieds... » Après quoi,
elle parla d'autre chose... » (1)

Dans ces réunions folles on voyait arriver les
invités avec les costumes ornés de velours au
« système Law », « à la Débâcle », « à la
Comète », « à la Turgot », dites aussi « les
Plaideurs ». On ne réfléchissait ni à l'importance des idées d'un Law ou d'un Turgot. Il
n'était pas question de savoir si le système du
célèbre Ecossais était une invention de génie.
(Car enfin que ferions-nous, quelles difficultés
dans les échanges, sans les billets de banque dont
il eut le premier l'idée en lançant le papier-
monnaie ?) Non, les essais, heureux ou malheureux ne servaient qu'à baptiser quelques
mètres de ruban.

Tout était étudié ; la façon de se moucher, de
boire en clignotant des yeux, de s'écrier sur le
ton voulu : « étonnant ! miraculeux ! divin !
grâces sans nombres ! perfections sans fin ! »
Voulez-vous la visite d'un petit-maître ? Prenons
les *Lettres récréatives* :

« Je viens d'avoir, chez la comtesse, le

(1) Ceilnart.

« spectacle le plus divertissant. Un de ces
« individus, appelé petit-maître, a paru, exha-
« lant de toutes parts l'ambre et la fatuité. Il
« a commencé par demander mille pardons de
« ce qu'il osait se présenter d'un air si chiffonné,
« (quoiqu'il fût le plus élégamment vêtu). Son
« corps a paru dans un instant sous je ne sais
« combien d'attitudes, et son esprit s'est éva-
« poré dans des compliments à perdre haleine.

« Un deuxième acte a suivi : le même per-
« sonnage a pris un air taciturne et rêveur. Il
« s'est nonchalamment couché sur un sofa,
« puis, après avoir caressé ses dentelles, il s'est
« levé très brusquement, pour aller raccom-
« moder son col et son bouquet, devant une
« glace où il s'est contemplé tout à loisir. Le
« troisième acte a roulé sur une conversation
« décousue, où il était question tout à la fois
« de chansons, de migraines, de spectacles,
« de chiens. Puis il a disparu en pirouettant,
« sans attendre la réponse de ceux qu'il venait
« d'interroger. »

C'est une étrange visite, n'est-ce pas ? D'ordinaire, on annonçait son arrivée par un
« joli » (?) frémissement de breloques. Le
comte de Vaublanc ajoute, même, que les
élégantes portaient, parmi leurs chaînes, de
petites clochettes, « dont le tintement prévenait
de leur venue. » Si le petit-maître était doublé

d'un poète, la visite se terminait, ou plutôt commençait par la lecture du pamphlet composé la veille au soir. Après quoi, content de son succès, il partait pour aller dans d'autres salons amis, recueillir les bravos flatteurs.

J'ai copié, dans un vieux manuscrit, un Noël satirique inédit. Il donne tout à fait le genre des poésies de salon dont je parle. On y persifle agréablement les ministres d'alors. Du reste le voici :

NOEL - PAMPHLET

I

De Jésus, la naissance
Fit grand bruit à la Cour ;
Louis, en diligence,
Fut trouver Pompadour :
« Allons voir cet enfant, lui dit-il, ma mignonne.
« — Eh ! non, dit la marquise au Roi,
« Qu'on l'apporte tantôt chez moi,
« Je ne vais voir personne. »

II

Cependant, la nouvelle
Gagnant de tout côté,
Le Fils de la Vierge,
De tous, fut visité.
D'arriver les premiers, un chacun se dépêche :
Le Roi, la Reine et leurs enfants,
S'en vont tous, chargés de présents,
L'adorer dans sa crèche.

III

Les Chanceliers de France,
(Car il s'en trouva deux !)
Pour droit de préséance,
Eurent dispute entre eux :
« C'est à moi, dit Maupeou, qu'est la chancellerie,
   « Qui pourrait me la disputer ?
   « On sait que j'ai, pour l'acheter
      « Vendu ma compagnie ! »

VI

Le Chef de l'Ecurie,
Disposant des courriers,
Au gré de son envie,
Arrive des premiers.
« Place, c'est Beringhe ! faites place, canaille ! »
   Le Bœuf entendant le fracas,
   Dit à Joseph : « Qu'il n'entre pas !...
      « Il mangerait ma paille ! »

V

Rempli de son mérite,
Rentrant le nez au vent,
Choiseul parut ensuite,
Et, d'un ton turbulent
Dit, sans aucun égard : « Changeons cette cabane,
   « Je veux culbuter tout, ici,
   « Je réforme le bœuf aussi
      « Mais je conserve l'âne ! »

VI

En sa simple manière,
Joseph, dit à Praslin :
   « Défendez ma chaumière
   « Contre votre cousin ;
« Au moins de son projet, que l'effet se retarde...
   « Songez que je suis étranger,
   « Et que, devant me protéger,
      « La chose vous regarde ! »

VII

Praslin dit : « Toute affaire
« Est de l'hébreu pour moi,
« Ils m'ont, au ministère,
« Mis, sans savoir pourquoi.
« Ainsi, je n'y fais rien... que porter la parole ;
« Le duc et sa sœur règlent tout
« Mais, d'elle, vous viendrez à bout
« Avec quelques pistoles !... »

VIII

Ne se sentant pas d'aise
Bertin dit, en entrant :
« Qu'on me donne une chaise,
« Je veux bercer l'enfant.
« Je suis ministre en pied, mais je n'ai rien à faire,
« Et pour occuper mon loisir,
« Seigneur, je compte vous offrir
« Mon petit Ministère ! »

IX

En coudoyant la foule,
Le Marquis de Puysieux
A grand peine, se coule
Auprès du Fils de Dieu.
Pour regarder l'enfant, ayant mis ses lunettes :
« Enfin, dit-il, je vois le cas !
« Pourtant, la nouvelle n'est pas
« Mise dans ma gazette ! »

X

Richelieu, plein de grâce,
Apportait au poupon,
Des vers dignes d'Horace
Et du miel de Mahon ;
Enchanté de le voir, à l'entendre on s'arrête
Mais... voyant Marie... à l'instant
Il laisse là, son compliment
Pour lui conter fleurette.

XI

Lugeac pour toute antienne
Dit d'un ton impudent :
« Faut à la prussienne
« Elever cet enfant.
« Il aura comme moi, le cœur impitoyable ! »
Un certain Surlaville dit :
« Jésus vous voilà, dans un pauvre équipage...
« Mais je suis né plus indigent,
« J'ai fait fortune, sans talent,
    « Jésus, prenez courage. »

XII

« Je suis (sans être vaine)
« Dit la prude Marsan,
« Princesse de Lorraine
« Et qui plus est, Rohan ;
« Je viens pour proposer à Joseph, à Marie
« Une fille de ma maison
« De peur que le divin poupon
    « Un jour se mésallie ! »

XIII

Un homme d'importance,
(C'était Monsieur Dubois) ;
Bouffi d'impertinence,
Dit en haussant la voix :
« De ma visite ici, Seigneur, tenez-moi compte
« Car, à ma porte, plus d'un grand
« Viens se morfondre, en m'attendant,
    « Sans en rougir de honte ! »

XIV

Du fond de la masure,
On voit, dans le lointain,
Une courte figure ;
C'était Saint-Florentin.

« Il me fait, dit Joseph, une peur effroyable :
    « Dans ses mains je vois un paquet :
    « C'est quelque lettre de cachet,
        « Pour sortir de l'Etable ! »

XV

        Sur son abord sinistre
        On ne se trompait pas :
        « Je viens, dit le ministre,
        « Pour un très fâcheux cas.
« La Cour vous a donné l'Egypte pour retraite ;
    « Au Roi, cet exil a déplu ;
    « Mais la Marquise l'a voulu..
        « Sa volonté soit faite ! »

Ces petits vers, donnent bien la note de légèreté du xviiie siècle. Hélas ! et nous avions
cette réputation dans tous pays, ainsi que le
prouve le récit suivant :

« Monsieur de Mirabeau, capitaine de vaisseau,
« étant à Civita-Vecchia, sollicita du Pape
« l'honneur de lui présenter quelques officiers
« de son vaisseau : Mais, à peine les premières
« cérémonies de l'étiquette commencées, les
« jeunes seigneurs furent pris, on ne sait pour-
« quoi, d'un rire fou. Monsieur de Mirabeau,
« interdit, se confondait en excuses auprès de
« sa Sainteté. « Consolez-vous, lui dit Benoît XIV,
« je n'ai aucune illusion ; tout Pape que je suis,
« je ne me sens pas assez de puissance pour
« empêcher de rire un Français. »

Pour distraire leurs invités, les personnes qui
recevaient, organisaient, souvent, chez elles,

des représentations de petites pièces. Quant aux grands hôtels, ils avaient tous un théâtre agencé et où se jouaient les pièces interdites par la Censure.

Ainsi, le *Mariage de Figaro* eut sa répétition générale chez Madame de Vaudreuil, avant d'être autorisé sur une scène publique. Citons encore les théâtres de Madame de Montesson, du prince de Conti, de la duchesse de Villeroy, du baron d'Esclapon, de la duchesse de Mazarin et tant d'autres, où les aristocratiques mondaines et mondains tenaient les premiers rôles, souvent avec un *réel* talent.

Par exemple : le duc de Nivernois jouait le rôle de Valère, dans le *Méchant*, de Gresset. Madame de Pompadour fit venir Roselly, (l'acteur incarnant ce même personnage au Théâtre Français), afin qu'il vît le jeu du duc. Roselly copia si bien M. de Nivernois, qu'il décida le sucès de la pièce, jusque là indécis.

« Monsieur de la Popelinière, écrit-on autre « part, cet homme rare, tout à la fois Plutus, « Mécène, Apollon, fait représenter des comé- « dies dans son superbe château de Passy. La « digne invitée y joue dans la perfection. » Il est vrai que tout ceci est avant la désastreuse découverte de la Cheminée tournante ! Dans les salons moins riches, on ne pouvait toujours pas représenter de grandes pièces, on variait alors, en faisant des « proverbes joués » dont le public devait deviner le mot. Mon Dieu, ces théâtres « at home », sont bien revenus à la mode, car aujourd'hui, le spectacle de salon est du « dernier cri ». Mais nous avons une tendance à faire plutôt jouer la saynète d'enfants. Encore faut-il qu'ils sachent bien leur rôle, d'autant qu'ils préféreraient de beaucoup courir après leur balle, aux Champs-Elysées. Et puis, depuis Quintilien... il est bien scabreux de confier des rôles sérieux à des bambins...

Vous ne connaissez peut-être pas l'histoire ? Il s'agissait, dans un procès célèbre, d'émouvoir le public, et surtout les juges, par les cris du bébé le plus jeune. A un moment donné, le gamin devait éclater en sanglots déchirants. Le moment arrive, l'avocat fait un signe, l'enfant pleure, en effet, mais s'écrie au milieu de ses larmes : « Il me pince trop fort ! » Effet désastreux comme vous pouvez le croire, et diamétralement opposé à l'effet cherché !

Une autre grande distraction des salons, était l'ouvrage à la mode ; on l'emportait partout avec soi ; et, à peine assise, chacune tirait de son sac le travail en vogue. Pendant une quinzaine, ce furent les *nœuds*. Partout, à toute heure, en tout lieu, on voyait l'élégante munie de l'attirail nécessaire, se mettre, d'un air fort appliqué, à chiffonner les soies aux couleurs délicates. Ce fut à un tel point, que même à l'Opéra, ces dames travaillaient dans leur loge !... On se demande pourquoi elles y allaient si c'était pour s'absorber dans la confection de nœuds ! Plus tard, ce fut le *découpage*. On découpait les plus belles gravures, pour en coller les personnages sur des fonds différents. Qui sait combien de chefs-d'œuvre furent ainsi perdus pour la postérité ? Il est vrai, que cela laissait place nette pour l'éclosion d'autres œuvres d'art ! (1)

Ensuite, il y eut le *parfilage*, qui fut porté jusqu'aux limites de l'extravagance. Tout élégant, entrant dans un salon, se voyait entouré immédiatement par les dames qui décousaient ses motifs brodés d'or, gardaient les fils précieux, et les remplaçaient par des fils de couleur. En quelques minutes, l'homme avait perdu la moitié de sa valeur.

On raconte même le tour amusant, joué par le duc d'Orléans. Il fit confectionner un vêtement brodé de fils cuivrés. Arrivé au salon, les mondaines, selon leur habitude, se précipitent vers lui, décousent avec rage, remplaçant le tout par du fil à peine doré, qu'elles supposaient de moindre valeur, et s'enfuirent toutes fières... jusqu'à ce qu'elles se fussent aperçues de la supercherie !

(1) Cité aussi par Goncourt.

Quelquefois l'aventure arrive à un invité, non prévenu, et c'est moins drôle pour l'amphitryon. On raconte qu'à une soirée donnée par le prince de Conti, le fait se produisit. Le pauvre dépouillé n'osait souffler mot ; du reste, ces dames le « découpaient » sans s'inquiéter de ses secrètes pensées. Le prince n'apprit l'affaire que le lendemain. Il en fut d'autant plus contrarié que le gentilhomme était pauvre. Il se hâta de lui faire broder un autre habit et y joignit le billet suivant : « Monsieur, mon salon est une « caverne et je suis le chef des voleurs. Mais, « lorsqu'à mon insu, on vole mes amis, je force « les larrons à rendre gorge. »

Enfin, c'est l'heure de gloire des Pantins, (gagne-pain du doux philosophe Maurice Brotteaux). (1) Ils firent fureur vers 1750. Boucher ne crut pas s'abaisser en en peignant un pour la duchesse d'Orléans. Derrière ces fantoches on lisait généralement ces deux vers :

> Que Pantin serait content,
> S'il avait l'art de vous plaire.

Au milieu de tout ce raffinement, les femmes prisaient d'une façon inouïe ! !... Ce fut même la duchesse de Chartres qui mit à la mode le fameux magasin : *A la Civette.*

---

(1) Anatole France, *Les Dieux ont soif.*

Aujourd'hui, quand nous lisons dans *Le Gaulois*, le compte-rendu des corbeilles de mariage, nous pouvons remarquer, parmi les dons, un nombre extraordinaire de « services à café « ou de « sucriers Louis XVI » ; c'est même à se demander ce que ces futures maîtresses de maison vont bien pouvoir en faire! Eh bien, autrefois, c'étaient les tabatières qui étaient en honneur. Pas de cadeau qui fût plus favorablement accueilli... Marie-Antoinette en reçut cinquante-deux ! !...

Il y avait des tabatières lourdes pour l'hiver, légères pour l'été, afin de ne pas fatiguer les mains. Un homme à la mode en changeait presque tous les jours ! !... On se demande même où ils pouvaient bien les loger, car Sébastien Mercier raconte que, pendant un moment, la mode masculine exigeait une culotte sans poche et si étroite « qu'elle ne pouvait recéler ni un écu, ni une montre ». Le prince de Conti laissa huit cents tabatières !... Cette folie de dépenses était à tous les étages. Restif de la Bretonne raconte que la fille d'un boulanger, apportant quinze mille livres de dot, en dépensa huit mille en robes et lingerie, y compris les tabatières si... prisées... c'est le cas de le dire...

Une autre fiancée préleva vingt mille livres sur la fortune de son futur mari, pour se faire élégante. On ne dit pas si l'époux fut satisfait de cette surprise. Ce n'étaient point des catalogues du *Louvre* ou du *Printemps* qui poussaient ainsi les femmes à la dépense, sous les fallacieux prétextes d'occasions uniques. Non, à cette époque, les journaux de modes n'étaient pas nés ; les nouveautés étaient connues par des *poupées* habillées et mises en vitrine. Mais, vous le voyez, le résultat était le même !

Passons maintenant à l'un des grands vices de l'époque : le jeu. Il faisait de terribles ravages.. dans la classe humble comme dans la classe riche... sous forme de spéculations comme sous forme de cartes. Un domestique vole son maître pour acheter des billets de loterie. Son action est découverte ; le voilà devant ses juges et condamné par eux. Or, sans plus s'occuper de sa défense, il ne faisait que répéter : « Je vous en prie, prenez les numéros que j'ai choisis, pour mes malheureux enfants. » Conduit au supplice, il ne cessa de supplier ceux qui l'accompagnaient : « Prenez mes numéros... je suis sûr qu'ils gagneront !... » Quant à sa vie, son déshonneur, la mort vers laquelle il marchait... rien ne subsistait hors les fatidiques billets !...

Dans le monde, l'amour des jeux de hasard se manifestait surtout grâce aux cartes. Tout comme à présent pour notre bridge, pas de boudoir où la petite table ne soit dressée et les partners installés, crispés et anxieux. Si des intellectuels arrivent, on les salue à peine, et pour peu qu'ils osent ouvrir la bouche, on les prie, presque, de bien vouloir se contenter de regarder la marche du jeu. (Ne nous moquons pas... nous avons eu le *puzzle* qui nous a rendus pour le moins aussi fous !...) On jouait le matin, l'après-midi, le soir.. Pendant les repas on discourait des coups maladroits. Quand un étranger arrivait, les visages étaient souriants ou froids suivant qu'il savait ou ne savait pas jouer. Voici un extrait d'une lettre de Jean-François de Montégut, relatant à sa mère ses premières impressions de provincial arrivant à Paris vers 1747 :

« Lorsque j'entre dans une maison, on me
« comble de politesses ; on me demande si je
« joue : je réponds que non. Je vois aussitôt un
« air de froideur se répandre sur tous les visages.
« A la deuxième visite on me reçoit d'un air
« gêné ; à la troisième, on me fait un mauvais
« compliment... » (1)

La bonne reine Marie Leczinska avait cédé elle-même à l'entraînement ; mais Louis XV, surtout, jouait. Il avait même une habitude assez bizarre. Quand il perdait, c'était sur le trésor royal qu'il payait. Quand il gagnait, c'est dans sa cassette particulière qu'il mettait le béné-

(1) **Baron de Batz,** *Vers l'Echafaud.*

fice !... A vrai dire, le jeu était un dérivatif à l'ennui mortel de cette fin de règne. Il y mettait de l'animation ; c'était un prétexte à causeries supportables ; car, étant donné le mutisme absolu du souverain dans les réunions privées, aux petits appartements, la conversation, sans direction, risquait de rapidement dégénérer ; mais, dès que les plaisanteries dépassaient une certaine limite, ou attaquaient des idées délicates, Louis XV prenait alors un air de glaciale dignité et, frappant trois coups sur la table, disait sèchement : « Messieurs, voici le Roi. » (1)

C'est tout à fait exceptionnel que, dans cette causerie, je cite Versailles ; je l'ai dit plus haut : pendant que la capitale prend de l'importance, la Cour s'estompe, s'éloigne dans le lointain d'un passé qui nous semble quelque prodigieux conte de fées, finissant, hélas ! tristement.

Parlons, maintenant, des salons où l'on pense, des salons où l'on agit, de ces salons que viennent voir les étrangers, dont ils quêtent l'approbation ou recherchent l'opinion. Je ne vous parlerai ni de celui de Mesdames Geoffrin, du Deffand, de Lespinasse ; ils sont trop connus pour que j'y revienne. Mais il en est un dont on a peu parlé et qui a cependant une auto-

(1) François Castanié : *Royales amours de* Mme *du Barry.*

rité primordiale : c'est celui des Choiseul.

Dans l'immense galerie de leur hôtel, péniblement chauffée par trois ou quatre poêles, chacun était libre d'entrer. Je ne parle pas, évidemment, du peuple ; mais tous ceux qui, par leur naissance, leur esprit ou leur génie pouvaient prétendre à quelque notoriété, trouvaient toutes portes grandes ouvertes devant eux, sans les préliminaires de présentations, sans les distinctions de castes. L'immensité des pièces favorisait ces mélanges d'hommes, de milieu ou d'idées différentes et qui se fussent gênés dans toute autre réunion plus restreinte.

Il y avait place pour chaque chose ; ici, c'étaient les jeux ; plus loin, cherchant à convaincre ses auditeurs, un philosophe véhément s'agitait. A droite se discutait une brûlante question politique ; à gauche, un groupe rieur parlait de la mode... ceux-ci en minorité cependant ; la conversation ne roulait pas uniquement sur les robes : on se contentait de les porter avec une suprême élégance et même avec plus de tact et de goût qu'actuellement. Est-ce parce que « le niveau baisse », mais combien peu nos écervelées contemporaines eussent pu briller dans ce cercle d'élite !... Et, dans tous les cas, jamais le « Tango » ni la « Danse des Ours » n'auraient eu la permission de se glisser sur ces parquets princiers. C'eût été une faute inqualifiable. La Société française, non encore « *matinée* », ne l'eût pas permis...

Vers dix heures, le maître d'hôtel jetait un coup d'œil et, au juger, mettait cinquante, soixante, quatre-vingts couverts. Cela se faisait tous les jours. Le succès en fut tel que chacun se lança et se fit gloire de tenir table ouverte. Préville, comédien, faisait servir successivement six ou huit repas, d'après le nombre des présents. Le dîner *prié* ne resta que dans les habitudes des gens surannés. On voit, n'est-ce pas, l'énorme liberté de pensée, d'allure qui pouvait en résulter ! Qui dira la force d'une opinion prenant naissance là, pouvant mûrir et se développer à l'ombre de ces puissances !

Or, aux rêveurs, il faut, (pour les aider à percer), un abri, un encouragement. Un de nos plus fins écrivains contemporains a écrit ceci, qui est excessivement juste : « Il semble que « les hommes qui dirigent les destinées d'un « pays, n'aient jamais une notion bien exacte « des situations où ils se trouvent ; ils sont « comme des soldats en bataille, à qui la fumée « de la poudre empêche de voir distinctement « les mouvements de l'ennemi. Mais ces soldats « ont la foi jusqu'à la dernière heure. » (1)

(1) A. Martineau, préface de *l'Etat Politique de l'Inde en 1777*.

Que ce soit en politique, en littérature ou en art, il est indispensable, pour les chefs de file, d'avoir un coin où se réfugier, des cœurs amis pour les soutenir, des bourses ouvertes pour les aider. Que seraient devenus des Callicratidès et des Phidias, sans Périclès ? des Vinci et des Michel-Ange, sans les Médicis ? des La Fontaine, sans Madame de La Sablière ? des Lamartine, sans souscriptions publiques ? Et si, (qu'ils aient tort ou raison, ce n'est point la question), des Danton, des Robespierre, finissent par être écrasés, (malgré la puissance formidable dont ils disposaient...) c'est qu'aucun salon, aucun lien ne les réunissait, et qu'ils se détestaient au lieu de s'entr'aider.

Or, à cette époque de commencement de troubles, le sort de l'écrivain était fort instable ; il n'avait plus l'aide d'un Louis XIV et pas encore la liberté d'une République. Toujours à court d'argent, (je l'étudie plus loin dans le chapitre « Ecrivains ») et toujours sous le coup d'une lettre de cachet, les enfouissant pour longtemps dans des prisons, ils avaient deux seules consolations : les salons, (leur asile et leur aide), et puis... l'étude... Qui donc ne l'a éprouvé ? Deux heures de travail consolent de bien des ennuis.

Aucune réunion ne pourra lutter avec celle des Choiseul. Plus tard, elles deviendront trop débraillées quand c'est autour de Diderot ; ou bien elles seront trop bourgeoises, quand c'est chez Madame Geoffrin, arrêtant les plus beaux élans par un sec : « En voilà assez. » Si tous les grands seigneurs avaient été des Choiseul, la Révolution se fût peut-être passée sans les épouvantables boucheries qui jettent sur elle une ombre ineffaçable !...

Je vous demande pardon d'effleurer des idées aussi sévères. Mais, en y regardant de près, notre vie à la vapeur ressemble fort à celle du XVIIIe, et, de même que ces seigneurs évanouis prenaient le temps de lire l'*Encyclopédie*, de même nous devons trouver le loisir de réfléchir un peu. Les points faibles de notre XXe siècle, ce sont précisément la « *science de la conversation* » et « *l'art de savoir distinguer les gens de goût* ». A l'appui de ces dires, je cite d'abord Charles Géniaux : « Un mois, c'est long pour « des personnes de caractère médiocre ! Il fal- « lait à la vieille Société française des ressources « profondes pour permettre ces quotidiennes « causeries ou ces longues cohabitations. Un « marchand de guano, peu cultivé, résisterait-il « à trente jours d'intimité ? (1) »

En effet... on se plaint qu'il n'y a plus de salons... mais que trouverait-on à y dire !...

(1) Charles Géniaux.

Passons au *Cri de Paris* : « Ce qui manque
« aujourd'hui, ce ne sont pas les talents ; c'est
« un petit cercle de connaisseurs qui dirigerait
« l'orchestre de nos excellents artistes, leur
« inspirerait une certaine unité d'inspiration
« et consacrerait leur renommée. On peut
« regretter que d'intelligentes favorites ne soient
« pas là pour donner le ton à l'art national. » (1)

J'ajouterai : *et pour les aider*. Il n'y aurait eu
ni Renaissance, ni siècle de Louis XIV, ni
XVIIIᵉ, s'il n'y avait eu des Mécènes. Aujour-
d'hui ces bienfaiteurs intelligents n'existent
plus. Il en résulte le « style moderne » abomi-
nable, la littérature décadente, incompréhensible, pas même écrite en bon français ; enfin
la peinture cubiste, futuriste ou orphiste. Oh !
François Iᵉʳ, Oh ! Diane, Oh ! Boileau, Oh !
Pompadour !...

Fortifions cette assertion par l'opinion des
maîtres et citons Anatole France : « ... Cet
« effroyable style américain qu'adoptent main-
« tenant les Français, après avoir, durant une
« longue suite de siècles, déployé toutes les
« ressources de la grâce et de la raison... » (2)

Marc Twain lui-même, (Américain pourtant),
n'avait-il pas bâti, à Hartford, une maison

(1) *Cri de Paris.*
(2) Anatole France dans *Pierre Nozière.*

« dont on parla beaucoup aux Etats-Unis ? »
« C'est qu'elle devait servir de protestation
« contre le mauvais goût de l'architecture
« domestique en Amérique. Le simple fait que
« ses chambres fussent disposées pour la com-
« modité de ceux qui doivent les occuper,
« souleva de grandes discussions sur ce qu'on
« appelait la *nouvelle farce de Marc Twain...* » (1)

Il faut se garder de négliger ces petites critiques ; elles prouvent que les clairvoyants
s'affligent des théories nouvelles en peinture,
en poésie ou en art ; il ne suffit pas de se pâmer
sans raison devant des élucubrations plus ou
moins spirituelles ; il serait utile de regarder où
nous mènent ces tentatives abracadabrantes.

Je vous ai donné jusque là de la documenta-
tion pour vous prouver que j'avais lu les vieux
grimoires. Aujourd'hui j'émets quelques réflexions, car c'est surtout ce que suscite cette
partie du XVIIIᵉ ; au surplus, les documents
demeurent mais les idées passent ; il est bon de
les noter au passage. Du reste, je m'en excuse
et je reviens sagement au seul sujet qui devait
nous occuper : les Choiseul et leur cercle de
beaux esprits.

Mais n'est-il pas étrange, en étudiant l'influence de ce ministre et la dignité de sa retraite

(1) Michel Epuy, préface du *Legs des 30,000 dollars.*

à Chanteloup, de songer que c'est par une infa-
mie, (tout au moins par une indélicatesse),
qu'il gagna les bonnes grâces de Madame de
Pompadour, et commença, simple comte de
Stainville, sa brillante carrière de diplomate ?
C'est une faiblesse des gens de bien de désirer
que ceux dont ils admirent le talent et le génie
aient une réputation inattaquable, en un mot,
soient admirables dans les moindres détails de
leur vie. L'humanité est si laide, sous certains
côtés, qu'il y a une sorte d'orgueil à désirer que
les êtres d'élite soient parfaits en tous points, et
un dépit de les voir, comme les autres mortels,
sujets à des défaillances plus ou moins regrettables.

Peut-être Choiseul voulut-il, par ses largesses,
effacer ce fâcheux souvenir. Mais il n'est guère
étonnant que la fortune s'effrite quand on mène
un pareil train de maison. Nous sommes loin du
temps où, Charles V venant poser la première
pierre de la chapelle du Collège de Beauvais,
la ville lui offrit un repas *splendide* et qui
coûta... 9 francs !...

Les plus grosses situations ne résistaient donc
pas au luxe du XVIIIᵉ. Aussi quand on demande
des places, ce n'est ni pour l'honneur, ni pour
les décorations qu'elles comportent, ce n'est
que pour le bénéfice pécuniaire, pouvant com-
penser de pareilles dépenses. Témoin cette lettre
d'un Noailles, écrivant à Louis XV :

« Je ne désire pas de décoration, j'ai une
« suffisance d'ordres ; mais, l'honneur de me
« battre en Allemagne, l'honneur d'avoir ma
« femme à la tête de la maison de la Reine, m'a
« entraîné dans un train considérable. Il ne me
« reste donc qu'à désirer l'argent. Monsieur de
« de Choiseul doit savoir ce que cela coûte
« d'avoir une maison ouverte toute l'année ! » (1)

A défaut de consolation, c'est du moins une
preuve que les soucis d'argent ne datent pas
d'aujourd'hui !...

(1) de Nolhac.

———

BIBLIOGRAPHIE : Journaux du temps : *Mercure,
Gazette, Lettres récréatives, Galerie des Dames françaises,
Le vieux Cordelier, La Quotidienne, Le vieux Tribun, La
Bouche de fer, Le Messager du soir, Le Grondeur,
Chronique de Paris, Tableau de Paris* (Mercier),
*République des lettres, Toilette de Vénus, Le Miroir,
L'Accusateur Public, Courrier de Paris, Tableaux des
Prisons de Paris, Le Babillard, Nouvelles Politiques
Journal de la Cour et de la Ville, etc., etc., etc.*
Mémoires : Ange Pitou, Aussonne, Mlle de La
Fayette, Mme d'Epinay, de Genlis, Bachaumont, Bezen-
val, etc.
Correspondance : Baron Grimm, Voltaire, etc.
Etudes sur le XVIIIe *siècle* : Baron de Batz, P. de
Nolhac, de Reiset, Goncourt, Houssaye, Docteur
Cabanès, Franklin, etc., etc.

CHAPITRE IV

David et Prud'hon

MESDAMES,
MESDEMOISELLES,
MESSIEURS,

« Fontenelle n'aimait pas la guerre, parce qu'elle gâtait la conversation », raconte Goncourt ; les artistes n'aiment pas la révolution parce qu'elle arrête et retarde l'éclosion du talent.

En effet, pas de calme, pas de loisirs pour songer ; pas de repos pour créer. Ce trouble, (si favorable aux gens d'honorabilité douteuse), est fatal au génie, car le terrible problème de la vie matérielle s'aggrave... Il n'y a plus de grands seigneurs, protecteurs naturels des arts, ni de riches fermiers-généraux faisant bâtir de fastueux hôtels, gagne-pain des décorateurs et des peintres. Le luxe est mort ou s'est caché, par prudence, et ce n'est point le peuple des barricades qui soutiendra les artistes, lui qui n'a pas d'argent et pas encore de goût !... On a même supprimé les prix dans les concours ; notre draconienne Révolution ayant déclaré que : « l'accolade du Président était la plus flatteuse des récompenses pour des. jeunes artistes. » Il se peut... mais le jeune artiste a, (outre l'honneur), des dents de vingt ans réclamant autre chose qu'une accolade !... Allez donc faire comprendre cela à des vandales brisant les chefs-d'œuvre, et les laissant s'effriter à terre ; ou, (pis encore), les vendant comme marbre brut !...

Certes, écrivains et peintres, s'apercevaient bien, comme tous les autres Français, de la décadence générale. Ils en gémissaient, exprimant leur blâme, très nettement quelquefois ; tel Bouchardon définissant la Cour « une Compa-« gnie de mendiants bien nourris et bien vêtus ». Bouchardon encore, osant dire un jour à Louis XV : « Vous êtes le maître parce que « nous sommes écoliers, mais le jour où nous « serons des hommes, nous passerons *maîtres*. » Toutefois le sentiment de révolte des raffinés est tempéré par un amour supérieur à la liberté : *l'amour de l'art* et cette recherche du Beau fait oublier les lois plus ou moins mal faites. Chez eux, donc, l'indignation se localisait en paroles, et, avant de passer à l'étude du seul peintre qui fasse exception à la règle : David, citons encore ce joli mot de Bouchardon : « L'or seul nous met à distance, et je déteste l'or. »

David, s'il était notre contemporain, pourrait longuement réfléchir sur la belle parole des peintres Vuillard, Roussel et Bonnard, refusant d'un commun accord le ruban rouge en expliquant : « Nous estimons que les artistes doivent « se tenir à l'écart de la vie officielle. » (1) Il fut loin d'avoir cette modestie ; le récit de sa vie mouvementée vous le montrera toujours prêt à prendre la première place.

C'était le fils d'un mercier tué en duel ; il fut soutenu et protégé par Boucher, (son grand-oncle), par Sedaine, Vieu et Doyen. Tout jeune, il reçut en plein visage une pierre qui lui abîma la mâchoire, brisa une dent, causa une tumeur déformant à jamais les traits du futur peintre ; il garda en sus, une très grande difficulté pour parler. Cette laideur accidentelle, s'ajoutant à une versatilité d'opinions par trop grande, poussera ses contemporains à tracer de lui un portrait peu flatteur, et que je cite plus loin.

La suite de ses débuts ne fut pas heureuse ; refusé quatre fois par l'Académie, le jeune homme voulut se laisser mourir de faim... imitant en cela Boissy qui, jadis, avait essayé le même système pour échapper à la misère !...

_____

(1) *Les Hommes du Jour.*

Au troisième jour de son agonie, on sonne : c'étaient Sedaine et Doyen qui, ne l'ayant pas vu depuis le concours, s'inquiétaient de leur protégé et venaient aux nouvelles. Ils frappent : pas de réponse ; ils appellent : silence ; ils secouent la serrure ; David, alors, se tenant aux murs, parvient à se traîner vers la porte et l'ouvre : le malheureux n'était plus qu'un spectre... Sedaine, bouleversé, semble revoir son propre passé de luttes et de douleurs ; il serre son jeune ami sur son cœur, l'embrasse, pleure, et, avec l'aide de Doyen, l'emmène, le sauve, le réconcilie avec la vie.

L'année suivante, David recommence l'épreuve et cette fois obtient le prix. Le lauréat part alors en Italie avec Vieu, nommé directeur de l'Académie de France à Rome. Ce fut un long émerveillement ; il s'écriait en regardant et comprenant les chefs-d'œuvre : « J'ai été opéré de la cataracte ! » Au retour de ce voyage d'études, le jeune David obtint le titre de peintre du Roi.

Il y a, contre David, deux griefs assez importants : d'abord, il fut immortel de son vivant ; c'est le plus désagréable événement qui puisse vous arriver, car il est exceptionnel que cette célébrité vous survive... En effet, on doit choisir entre deux choses : errer pauvre et traqué durant sa vie ; mais avoir comme fiche de consolation la pensée qu'après votre mort, votre effort sera enfin évalué à sa juste valeur. Ou bien, être arriviste, savoir habilement arracher les applaudissements, marcher dans une apothéose, pour qu'à l'arrêt de votre bluff et la fin de votre prestige, on ne dise de vous : « Il n'était que cela ? » Dans le premier cas, il y a aussi un autre avantage : c'est que vos œuvres seront vendues fort cher... quand vous serez mort de privations.

Le deuxième écueil auquel se heurta David, c'est la Révolution. Il en fut un des ardents protagonistes, (c'était son droit le plus strict) ; mais la chose s'aggrave, si l'on songe que cette fièvre révolutionnaire se place *entre* les situations peu républicaines de... « *peintre royal* » et... « *peintre impérial* ». Cette fougue nous irrite, chez un artiste qui, semble-t-il, devrait être préoccupé plus de ses créations que des oscillations politiques. De plus, elle arrache à David des gestes et des paroles regrettables.

Exemple : Le 10 août, Louis XVI, (perdu au milieu des énergumènes envahissant son palais), cherchait en vain, le cœur serré, un visage de connaissance. Il aperçoit David ; il veut simuler le calme, la sécurité, (et Dieu sait quelles pouvaient être les atroces angoisses de cet être, roi, mari, père, voyant une nation soulevée contre lui... un simple homme, avec ses terreurs, ses défaillances, ses effrois...) Donc, il cherchait à feindre ; s'approchant de David, il lui dit : « Eh bien ! quand finissons-nous mon portrait ? — Je ne finis pas le portrait d'un tyran », répondit durement l'artiste.

Fidèle à son idée, il vota la mort de celui dont il avait accepté, autrefois, les subventions.

Cependant... il fut tout heureux et tout aise, (ce farouche ennemi des tyrans et de Dieu)... de peindre le *Couronnement de Napoléon* et la *Distribution des Aigles*. L'Empereur les paya 180.000 francs.

Très heureux aussi d'être choisi pour faire le portrait du Pape !... Là encore, une grosse faute de politesse. Il était d'usage, (et je suppose qu'il l'est encore), de s'agenouiller quand on peint Sa Sainteté. David demeura orgueilleusement assis.

Le *Couronnement* demanda beaucoup de travail. Les esquisses montrées à l'Empereur ne convenaient pas toujours. Le maître Anatole France possède, paraît-il, un carnet de croquis « où David avait pris des notes pendant la céré- « monie. Il avait noté, entre autres choses, le « geste sauvage de Napoléon, arrachant la « couronne des mains du pape et se l'enfonçant « lui-même sur la tête avec une énergie de « Corse. » (1)

(1) *Cri de Paris.*

Mais, quand il fallut fixer pour l'histoire ce trait un peu violent, l'Empereur n'osa pas et il écrivit sur le carnet, en marge : « *autre chose* ». C'est alors que David eut l'idée de laisser le Pape simple spectateur ; mais Napoléon rectifia encore en disant : « Je n'ai pas fait venir Pie VII de si loin pour ne rien faire ; faites-lui lever la main en signe de bénédiction. »

Une des rares choses qui puissent être dites à l'honneur de David, c'est qu'il recopia lui-même son *Couronnement*, afin que ce tableau parcourût le monde pendant que l'Empereur était captif à Sainte-Hélène ; cette copie alla jusqu'en Amérique ; au retour, elle fut vendue... 15 francs ! Gloire et décadence !

Il faut dire qu'il avait un véritable culte pour Bonaparte. Un jour il dit au Consul : « Je veux vous peindre une épée à la main, sur un champ de bataille. — Ce n'est pas avec une épée que l'on gagne des batailles, répondit le moderne Alexandre ; je veux être peint *calme*, sur un cheval fougueux... »

A cette œuvre, je crois, se rapporte l'anecdote suivante, dont je ne garantis pas l'authenticité : Le jour du Salon, David, perdu dans la foule, écoutait les réflexions des visiteurs. Il aperçoit un cocher de fiacre, regardant sa peinture d'un air dédaigneux. « Je vois que vous n'aimez pas cela, dit l'artiste ; c'est pourtant une des choses que tout le monde admire. — Il n'y a pas de quoi ; voyez ce peintre imbécile qui fait un cheval dont la bouche est toute couverte d'écume et qui n'a pas de mors !... » David, frappé de la justesse de l'observation, s'empressa de corriger la faute, dès la fermeture de l'Exposition. (1)

Mais revenons aux débuts de l'artiste. Son *Serment des Horaces* avait attiré l'attention du public sur le jeune homme. Il s'affirma dans ce genre en composant son fameux *Brutus recevant les corps de ses fils* qui, du reste, souleva une véritable polémique. En effet, Monsieur d'Angevilliers, directeur du Louvre, refusait d'accepter cette composition, trouvant qu'elle était d'allure trop sanglante et trop révolutionnaire. Alors les Clubs clamèrent « *à la tyrannie* », et l'opinion publique contraignit le directeur à recevoir le tableau au Salon. Il y avait là bien d'autres chefs-d'œuvre, mais Paris ne regarda qu'une chose : *Brutus*. On voulait absolument y voir une allusion à Louis XVI condamnant ses frères ! ! !...

Le plus joli, c'est que cette toile avait été commandée par le Roi lui-même qui, voulant prouver ses bonnes intentions, avait demandé au peintre de choisir un sujet *martial*. Le pauvre

(1) Anecdotes Ceilnart.

souverain n'avait pas de chance dans ses tentatives, car cet événement fit une petite révolution
dans la grande Révolution. Il servit de prétexte
à des articles violents contre le Gouvernement
et un rappel vers ces mâles vertus des Républiques Romaines...

La terreur de ne pas se montrer assez
« citoyenne » avait poussé nombre de jeunes
filles de la meilleure société à solliciter de
David l'honneur de figurer la sœur de Brutus
évanouie. David choisit une ravissante personne
qui vint à heures fixes avec sa gouvernante.
A force de rester dans l'expression cherchée, la
jeune fille s'évanouit réellement. « Elle se
trouve mal ! s'écrie-t-on. — Chut, dit David,
ne voyez-vous pas qu'elle est admirable, ainsi ? »
Et il continua tranquillement à peindre.

Cependant sa gloire suivait le mouvement
ascendant de la folie révolutionnaire dont il
avait fougueusement épousé les idées, je l'ai
déjà dit. C'est lui, (lui, un artiste !...) qui proposa : d'abord de briser tous les admirables
bustes royaux, (respectés, par miracle, jusque
là) ; ensuite d'élever, avec ces débris, un formidable piédestal pour une statue géante, dédiée
au peuple Parisien ! Lui encore qui, s'il n'or-
donna pas, du moins n'empêcha pas le peuple
de barbouiller indignement les tableaux de
Rigaud ou de Lebrun, conservés au Louvre.

Quand on venait lui demander des conseils pour peindre ou dessiner : « Je n'ai pas le temps, disait-il, les Jacobins m'entraînent ; je ne puis me résoudre à manquer des séances d'un si grand intérêt. »

Seule, la mort d'un révolutionnaire, le fit revenir du Club à ses pinceaux ; dès l'annonce du crime de Charlotte Corday, il peint en une heure Marat, et inscrit simplement au bas : « *A Marat* ; *David.* » Il court à la Convention, offre sa toile et ajoute : « Tu diras, Humanité, « à ceux qui l'appelaient buveur de sang, que « jamais Marat n'a fait verser de larmes ! » (1) Je sais bien qu'il faut être aveugle avec ses amis, et ne pas voir leurs défauts ; mais à ce point là !...

David est, du reste de toutes les manifestations ; c'est lui qui monte à la Tribune et demande le renversement de l'Académie. Pour émouvoir le peuple, il raconte l'histoire de Sénéchal, « jeune homme fiancé, et devant « épouser sa Dulcinée dès que son premier « tableau serait reçu au Salon. Falconnet passe, « déclare l'épreuve sans valeur, refuse le can- « didat, et voici le malheureux Sénéchal, (déses- « péré de ne pouvoir épouser sa belle), qui va « se jeter dans un puits... »

(1) Cité par Goncourt et Houssaye.

Sans doute, le souvenir de ses premiers échecs et de sa tentative de suicide, donnèrent à l'accusateur improvisé des paroles vibrantes. En vain cette malheureuse Académie chercha-t-elle à se raccrocher à David ; il répondit : « Je fus... *autrefois*... de l'Académie... » On vota donc son annulation.

Cependant... comme il fallait bien des juges pour donner une sanction, après avoir démoli une chose, on en rebâtit une exactement semblable (chose tout à fait normale dans les Révolutions) et le jury fut immédiatement nommé ; il se composait de quelques rares peintres, et... de jardiniers, cordonniers, etc. On peut juger des décisions d'un jury où entraient des « *Jacobins éclairés* » (? ? !) dans le genre de celui qui se vantait « *d'avoir voté contre les 32 de la commission des 12* » ! !... On les voit fort bien, ressemblant à ce Florentin chargé de faire visiter le musée de cette ville, et montrant aux visiteurs ébahis une Minerve qu'il appelait *Judith*, un Apollon qu'il supposait être le *Saint roi David*, et certifiait, (en expliquant un bas relief représentant la guerre de Troie), que Cassandre était une bonne chrétienne !... (1)

Quoiqu'il en soit, David l'emporte alors : il

(1) *Corinne.*

est roi, chef, son atelier ne désemplit pas ; il travaille ostensiblement pour la Révolution et les idées révolutionnaires, il refuse l'argent du charbonnier Rousseau. « Ce tableau est pour « la Nation ; vous lui en faites cadeau, je ne « veux pas de votre argent. » (1)

Sa réputation d'ultra est telle, qu'au moment où Morellet propose que « tout citoyen soit astreint à manger une fois par semaine, de la chair de la guillotine... » (horreur... et cela sous peine de mort, je vous prie), quand, dis-je Morellet soumit cette proposition, il y joignit le projet « *d'une boucherie installée sur les plans* *du grand artiste David...* » Aussi après le 9 thermidor, lorsqu'il fut question de savoir ce que l'on ferait du peintre, il n'y eut qu'un cri : « C'est un monstre ! il faut qu'il périsse. »

David avait toujours dit : « Je voudrais mourir avec Marat ou boire la ciguë avec Robespierre » ; mais quelques jours de prison changèrent notablement le cours de ses idées. Il écrivit, en effet de tous côtés, faisant jouer toutes les influences dont il pouvait disposer. Voici un extrait de ses lettres : « On ne « peut me reprocher qu'une exaltation d'idée « qui m'a fait illusion sur le caractère d'un « homme que nous regardions comme la *boussole*

(1) Cités par Goncourt et Houssaye.

« *du patriotisme.* Mes intentions ont toujours
« été droites.

Le jour n'est pas plus pur que le fond de mon cœur »

Or, pendant qu'il attendait anxieusement le
résultat de ses supplications, il devait se remémorer avec effroi, dans le grand silence du
cachot, ce portrait tracé jadis par le « Journal
à deux liards. » « J'ai vu ce David, si bête, si
« méchant et si véritablement marqué du sceau
« de la réprobation. On n'est pas plus hideux,
« ni plus diaboliquement laid. S'il n'est pas
« pendu, il ne faut pas croire aux physiono-
« mies. »

Ce souhait, cette prophétie, faite, alors qu'il
était un des maîtres de la Révolution, devait
sonner lugubrement à ses oreilles, durant les
cinq mois de sa captivité au Luxembourg.
Mais il y a des chances inouïes pour quelques-
uns : Chénier et Boissy d'Anglas, réussirent à le
sauver. Et David attaché plus tard à la Cour de
Napoléon, mit autant d'ardeur et de zèle à
esquisser le *Couronnement des Aigles* que jadis,
son projet de boucherie !

De nouveau il connut la gloire, et ce n'est point
à cette seconde période de succès que Fragonard
eût pu lui jouer, sans danger, le mauvais tour
que je vais conter :

Une célèbre actrice du temps, avait commandé son portrait à Fragonard. A la suite de divers incidents, l'actrice changea de peintre et prit David pour achever l'œuvre commencée ; grande colère du rival dédaigné qui, un jour, ayant réussi à s'introduire chez Mademoiselle Guimard, résolut de se venger. Il ne médita pas longtemps, David avait laissé errer sur la bouche de son modèle un sourire idéal dont l'actrice était fort satisfaite. En quelques coups de pinceau Fragonard change l'expression du visage et transforme la déesse en mégère défigurée par la fureur. A peine achevait-il, qu'il entend du bruit ; il s'esquive prestement, c'était Mademoiselle Guimard qui revenait, avec plusieurs amis, voulant, précisément leur faire admirer le fameux sourire. On devine sa déconvenue !

Mais notre héros avait oublié ces souvenirs de jeunesse ; il est tout à la joie de sa chance inespérée, et de la faveur impériale. Il s'abaisse même jusqu'à peindre — sur la demande de l'empereur — de nouveaux sujets pour cartes à jeux. Mais elles n'eurent pas de succès. (1) Il est à l'apogée de sa gloire ; il a oublié les Clubs et leur revers... la prison...

Cependant c'était un record suffisant, et un défi asez grand jeté à la destinée, d'avoir pu

(1) Frédéric Boutet.

être successivement, sans y perdre la raison, ni la vie : peintre royal, peintre révolutionnaire et peintre impérial. Il ne faut pas trop tenter le destin... Après Waterloo, quand les Bourbons revinrent, David se trouvait être à la fois régicide et bonapartiste. La chance s'était lassée, elle ne le protégea pas cette fois-ci, et il fut exilé à Bruxelles. Mais il avait vu, jadis, les chefs-d'œuvre victimes des oscillations politiques et payer de leur destruction, les fluctuations de régime auxquels ils sont pourtant totalement étrangers. David craignait à plus forte raison que ses toiles (rappelant l'épopée napoléonienne), ne fussent détruites. Aussi, fort de son expérience, et prudemment armé de ciseaux, il alla découper ses tableaux en trois bandes, ayant soin de suivre les silhouettes et les figures, afin que les bandes pûssent être ensuite réunies sans que l'œuvre en fût déformée. Ce qui fut fait plus tard ; et c'est à cette précaution que nous devons de pouvoir encore contempler le *Couronnement* et la *Distribution des Aigles*.

L'orgueil du peintre ne l'abandonna même pas aux derniers moments ; sur son lit de malade, on lui montrait une épreuve des « Thermopyles » que voulait buriner un graveur ami. David fait quelques remarques, indique certaines retouches, puis arrivé à la figure du célèbre chef spartiate, il repousse la planche en disant : « Il n'y a que moi qui pouvais concevoir la tête de Léonidas. »

Ce furent ses dernières paroles !...

Monsieur Lavedan a du reste, (dans l'*Illustration*), on ne peut mieux analysé l'étrange caractère de cet artiste si oscillant dans ses principes !... « C'était bien le peintre nécessaire à cette époque », dit-il en substance ; et il est vrai qu'un esprit stable, un cœur sensible n'aurait jamais pu suivre le galop échevelé, la succession inattendue des événements et... s'en rendre maître !... Comme une femme trop fatale, la Révolution a tué sous elle tous ses vainqueurs : Girondins, Marat, Danton, Robespierre. Seules les âmes louches, intéressées et froides comme Tallien, Barras et David, peuvent échapper à ces terribles étreintes, et, (qui plus est !...) en vivre !...

Passons à un sujet plus doux, à une étude plus attachante : Prud'hon, pauvre artiste, qui lutta toute son existence, et n'eut, de la vie, que des douleurs ! Au surplus, il pâlit dans la misère jusqu'à plus de quarante ans !...

Né le dixième, fils d'un tailleur de pierres, il grandit à la dure, et le seul rayon de soleil de cette enfance fut sa mère. Ce souvenir le suivra toute sa vie, il écrira plus tard : « Que de petites « misères qui étaient bien grandes pour moi ! « Quelle comparaison de ce temps avec celui « que j'ai passé dans la maison maternelle ! »

Sa mère avait de ces baisers qu'ignorent en général les humbles ménagères, trop absorbées par les soins de leur petit intérieur ; celle-ci trouva le temps de cajoler son enfant.

Au point de vue moral, il fut le fils adoptif du curé de Cluny. Vous savez, n'est-ce pas, que Cluny est une petite ville de Saône-et-Loire, et si le célèbre Musée porte ce nom, c'est parce que les constructions de l'Abbaye parisienne furent commencées, (d'après le désir de Jean de Bourbon, *abbé de Cluny*), sur ce qui restait de constructions de l'abbé Pierre de Chalus, faites, jadis, autour 'des' antiques thermes romains.

L'abbé Besson avait donc pour le petit Prud'hon, une de ces délicieuses et touchantes paternités morales, si émouvantes à étudier. Il s'en occupa comme il l'eût fait de son propre enfant, lui enseigna les éléments de tout.

C'est reposant, n'est-ce pas, dans notre siècle d'arrivistes, de se figurer ce bon curé désintéressé, se penchant en souriant vers l'enfant préféré, lui réservant toutes ses tendresses, innées chez l'homme, réfrénées chez le prêtre, mais se prodiguant d'autant plus, quand le hasard place sur leur chemin la petite âme d'élite qui sera leur œuvre !... A deux siècles de distance, nous revoyons le curé, ses patientes leçons, sa bonté souriante, son indulgence affectueuse, et le clair regard de l'enfant de génie, levé vers ce maître doux et paternel.

Quand l'abbé eut passé à son élève une partie de son savoir, il l'envoya prendre des leçons avec les moines de Cluny. A vrai dire, une seule chose passionnait le gamin : c'était le dessin. Il fouillait avec son canif tous les morceaux de bois qu'il trouvait. Son savon même n'échappa point à ce zèle et Prud'hon y sculpta toute la Passion. De la sculpture, il passe à la peinture, broyant les plantes pour se faire des couleurs, fabriquant ses pinceaux avec les poils ramassés sur les harnais des chevaux.

Mais, avec des éléments aussi rudimentaires comment voulez-vous atteindre à la perfection ? Un jour que l'enfant se désespérait, (recommençant pour la dixième fois la copie d'un des tableaux de la Chapelle), un moine passant par là s'écria en riant : « Mais vous ne réussirez pas... ils sont à l'huile ! » (1) Ce fut un trait de lumière pour le jeune écolier ; il se met à chercher, à essayer, retrouve et *invente* la peinture à l'huile, comme jadis Pascal découvrit les mathématiques !

Cette fois, les bons moines sont stupéfaits et ils envoient l'enfant précoce à Dijon pour lui permettre de. suivre les cours de cette ville.

(1) Cité par Arsène Houssaye.

Malheureusement, Prud'hon, trop fidèle à une parole engagée à la légère, fut obligé, à quelque temps de là, de revenir à Cluny, pour épouser une femme qu'il n'aimait pas et qui fit de sa vie un enfer.

Adieu les beaux rêves, les essais de peinture, adieu le génie... car il faut vivre, faire vivre sa femme et l'enfant dont la naissance prématurée avait été prétexte au mariage.

Prud'hon gagnait, de ci, de là, tout juste sa subsistance, se désespérant de la ruine de ses espoirs, lorsqu'il fit la connaissance de Monsieur de Joursanvault. Ce Mécène inattendu, que la destinée plaçait si heureusement sur le chemin de notre héros, habitait Beaune. Il avait fondé chez lui une véritable académie, faisait travailler tous les artistes de la région, les aidant de sa bourse et de ses paroles d'encouragement. La correspondance de Prud'hon et de Monsieur de Joursanvault témoigne de la profonde amitié unissant ces deux hommes. Le peintre se réfugiait en son ami aux jours de soucis, et le bon protecteur encourageait de son mieux le pauvre lutteur si éprouvé.

Il existe encore une touchante preuve de cette affection ; Prud'hon avait peint Monsieur de Joursanvault au-dessus de sa cheminée; par reconnaissance... ou peut-être avec le même sentiment qui poussait jadis les anciens à mettre en grand honneur, à leur foyer, un dieu-lare.

Le bon... *dieu-lare*... facilita à Prud'hon son voyage à Paris ; mais la misère et le manque de travail le forcèrent à laisser la terrible ville, mangeuse d'énergie et d'intelligence ; capitale monstrueuse, qui, pour permettre à un génie de s'épanouir, dévore des milliers et des milliers d'êtres vaillants ! !...

Voici donc notre peintre échoué de nouveau à Cluny. Cependant le hasard le sert et lui permet de pouvoir prendre part au concours de Dijon. Là, se place un trait délicieux. A travers la mince cloison séparant les rivaux, il entend un de ses voisins gémir.Prud'hon écarte les planches, console son concurrent, achève le tableau, oubliant sa propre toile, et fait si bien... que c'est le voisin qui emporte le prix ! Au reste, le vainqueur très loyal, conta l'histoire, et Prud'hon eut cette bourse de voyage, doublement gagnée par son talent et sa générosité.

Enfin voici notre héros allant à Rome ! Pour économiser sa pauvre bourse, il fait prix avec un batelier allant à Civita-Vecchia. Un contre-temps fâcheux retient le bateau trois semaines à Marseille, au grand dam de l'escarcelle du peintre !

On part... mais des vents contraires obligent à relâcher à Toulon : nouvelle attente de dix jours, nouvelles dépenses.

On part, *mais* une violente tempête assaille
le frêle bâtiment qui se réfugie en toute hâte
à Porto-Ferrajo. Arrêt de dix-neuf jours. Et
l'argent s'épuisait. Enfin le temps se calme et
permet le départ pour Civita-Vecchia... Que
de contrariétés, n'est-ce pas ? C'est que tout
est simple pour le riche ; tout est compliqué
pour le pauvre... Il veut épargner quelques
sous, et, pour cela, arrange souvent fort mal
ses affaires.

Tous ces ennuis furent vite oubliés dans
l'éblouissement donné par Rome : quelle féerie,
quelle différence avec Cluny et l'épouvantable
ennui qui étouffait le génie de Prud:hon !...
Parfois il va aux dimanches de Bernis, où se
réunissaient tous les artistes venus de tous les
coins du monde. Il prend contact avec l'élite
de l'intelligence, et ses lettres contiennent
d'amusantes observations de la vie romaine.

« Il y a à Rome un certain café où s'assemble
« une partie des artistes français. Là, chacun
« cherche un point de dispute, qui se rencontre
« bientôt, pour faire étalage de son éloquence.
« Là, tous les maîtres sont passés en revue et
« ne sont point épargnés. On critique celui-ci,
« on déchire celui-là. Tous ceux qui ne peuvent
« entrer en comparaison avec Raphaël sont
« proscrits. Raphaël lui-même est blâmé de ne
« s'être pas assez asservi à l'antique. Le mieux

« de tout cela, c'est que tous ces messieurs les
« beaux parleurs n'étudient ni Raphaël, ni
« l'antique et s'amusent chez eux à ne rien faire
« qui vaille. »

Plus loin, Prud'hon écrit encore :

« L'envie, en général, que les Français por-
« tent à ceux qui ont quelque talent, fait que
« le parti le plus sage est de n'avoir communi-
« cation avec aucun. » On voit que Prud'hon
ne se laissait pas aveugler, et qu'il conservait
la notion exacte des choses. La misère et la
pauvreté sont, en effet, deux marâtres qui se
chargent trop bien de vous arracher le bandeau
et de vous laisser voir l'Humanité dans toute
sa hideur.

Au reste, notre peintre passait surtout son
temps à étudier les anciens. Plus tard, quand
on le questionnait : « Que faisiez-vous en
Italie ? — Je regardais et j'admirais les chefs-
d'œuvre. »

Il avait une grande admiration pour Léonard
de Vinci, qu'il appelait « l'*Homère de la peinture* ». Voici ce qu'il en dit : « Cet homme rare,
« joignait au génie le plus sublime, un raisonne-
« ment juste et une spéculation profonde,
« choses qui se rencontrent rarement en une
« même tête, puisque la première semble appar-
« tenir à un homme sanguin, et la seconde
« paraît être le fait d'un homme froid et réfléchi. »

Absorbé par ses travaux, en contemplation devant les œuvres passées, la vie eût semblé délicieuse pour notre pauvre artiste, si son travail n'avait été sans cesse troublé par les continuelles demandes d'argent de sa femme. Il en était arrivé à n'ouvrir ses lettres qu'en tremblant ; tout son pauvre pécule d'étude y passait.

Prud'hon pensa alors que la vie en commun avec sa famille serait plus économique ; et quand on lui proposa de renouveler sa bourse de voyage, il supplia qu'on l'en fit bénéficier à Paris, où il espérait, en sus, se faire connaître. Il revient donc dans nos murs en 1789, avec femme et enfant, et se loge 18, rue Cadet.

Mais les charges de la vie l'obligent à sacrifier les espérances de son génie, aux besoins des siens. Nous le voyons, au lieu de pouvoir *créer* et se mettre en relief, faire des dessins pour réclames, des en-têtes de feuilles commerciales, des vignettes pour confiseurs !... A-t-il même le temps de noter au passage une figure qui le frappe, ou un projet de tableau ? Hélas ! il n'est point question d'*œuvre*... il s'agit du pain quotidien.

Cependant notre peintre travaillait avec opiniâtreté, se débattant, essayant de conserver la liberté de son génie, voulant tenter cette chose impossible : « arriver seul ». Il fuit les relations, disant avec juste raison : « Quand « on connaît beaucoup de gens auxquels on

« fait sa cour, on se gâte ; on perd son carac-
« tère, sa façon de voir ; on devient petit, mesquin.»

C'est exact ; il faut séduire ceux dont on vit ;
et pour cela, faire abstraction de soi. *Plaire*
consiste à mettre en relief... *les autres*... et
s'effacer soi-même. Alors chacun s'écrie : « Quel
être charmant ! » Prud'hon ajoutait : « Si les
« grands maîtres avaient agi de la sorte, nous
« n'aurions rien à puiser dans leurs ouvrages ;
« un artiste qui étudie doit être libre. »

En 1791 il réussit enfin à faire exposer ses
premières œuvres : *L'Amour réduit à la raison*,
puis *Le Cruel rit des pleurs qu'il fait verser*.
C'était un succès, mais les succès ne donnent pas
toujours à manger, il faut pouvoir attendre...
Or la misère est terrible à vaincre, et une
deuxième fois notre peintre dut fuir Paris et la
faim.

Je l'ai déjà dit : cette période de la Révolution
n'était guère faite pour l'éclosion de l'art.
Quiconque se dispensait de prendre part aux
manifestations politiques était suspect. Puis,
où se rassembler pour parler entre soi des
chefs-d'œuvre et de Rome, et non de guillotine ?
Un seul coin de Paris avait pu, pendant un
moment, échapper aux orages révolutionnaires :
c'était le *Café de Flore* ; là se réunissaient les
rares artistes et lettrés que la Terreur n'avait
pas encore décapités ou fait fuir. Cet asile ne fut

pas longtemps respecté. On s'appuya sur une loi de Solon (!) « *ordonnant à tous les citoyens de prendre part aux discussions civiles* » (« sous peine de mort », cela va sans dire). Et le café dut fermer.

Enfin quels spectacles y avait-il, qui pussent élever l'âme ? Des tombereaux portant à la mort des hommes, des femmes, des vieillards ? David avait pu trouver à vivre parce qu'il avait mis son pinceau au service de la Révolution ; mais allez donc demander à la pointe délicate d'un Prud'hon de fixer les atrocités d'un 1793 !...

De ces jours sanglants, il ne conserva qu'un souvenir. Notre peintre avait commencé le portrait d'une ravissante inconnue. Elle vint trois fois, quatre fois, puis ne reparut plus. L'artiste ne savait que penser. Son genre ne plaisait-il pas ? Avait-il, sans le vouloir, froissé son modèle ? Un jour, il croise la charrette fatale, il détourne les yeux ; il allait passer, s'éloigner pour éviter cet affreux spectacle, mais un barrage l'oblige à rester spectateur... Quelle émotion !... Parmi les condamnées, il reconnaît son inconnue. Elle allait vers l'éternité, calme, toujours belle... Epouvanté, l'artiste s'enfuit, revient chez lui et finit de mémoire le portrait de la malheureuse... (1)

_____

(1) Cité par Houssaye.

Prud'hon laisse donc Paris et retourne à Cluny, où il essaie d'oublier dans son art, les multiples déceptions de son existence. Or l'on ne peut s'empêcher de trouver que le travail est vraiment une belle chose... Quand des hommes s'entr'égorgent, quand une famille vous obsède, quand l'amour vous trompe, le travail suffit à faire planer l'homme dans un beau rêve, et voiler la réalité !

En 1796, Prud'hon, une troisième fois, tente fortune à Paris. Il fit d'abord des visites aux grands peintres. Tous, (y compris le fameux David), le reçurent fort mal ; Greuze, seul, fut accueillant. Mais, avec sa brusquerie ordinaire, il demande au visiteur : « Avez-vous du talent ? — Oui, dit le candide Prud'hon. — Tant pis, répartit Greuze, du talent et de la famille, c'est plus qu'il n'en faut pour mourir à la peine ; moi qui vous parle, voyez mes manchettes... »

Le célèbre pastelliste aurait pu aussi lui raconter le fait suivant : « A une exposition, « un homme était en admiration devant une « belle *pleureuse*, de Greuze... C'était Greuze « lui-même... Des passants s'arrêtent, émus, « Dieu, que c'est beau ! » s'exclament-ils ins- « tinctivement. — « Hélas ! je le sais... mais « je suis presque seul à le croire » répond triste- « ment Greuze toujours en contemplation. » (1)

(1) Cité par Arsène Houssaye.

Ce n'était guère encourageant, d'autant que notre artiste (je l'ai dit plus haut), détestait les protections, à cause des bassesses qu'il faut faire en général pour les mériter, disant : « Les protections m'embarrassent plus qu'elles ne me plaisent. » Toutefois, les temps paraissant s'adoucir, il se remet au travail, fait l'*Enlèvement de Psyché par les Zéphyrs*, puis *Vénus et Adonis*, puis *la Justice divine poursuivant le Crime*, son chef-d'œuvre. Cependant, il est encore difficile, à ce moment du Directoire, d'attirer sur soi l'attention. On a été si habitué à la mort, que l'on recherche encore cette sensation aux pièces de théâtre, ou aux expositions de peinture. Le plus grand succès du Salon fut le buste de la citoyenne Danton « *exhumée et moulée sept jours après sa mort* ». Quel spectacle !...

Cependant l'œuvre de Prud'hon avait été remarquée. On commence à citer son nom, à faire des commandes. Talleyrand lui demande son portrait ; d'autres grands seigneurs achètent ses œuvres. Sa gloire le conduit aux Tuileries. Il fixe les traits de Joséphine, esquisse ceux d'Hortense et de la famille impériale. C'est lui encore qui donne des leçons à la nouvelle impératrice, lui qui fait les allégories du fameux berceau du roi de Rome. L'Institut lui ouvre ses portes. A ce moment, notre pauvre hère de jadis peut écrire à une duchesse de Courlande,

marchandant un tableau : « Ces sortes de dis-
« cussions ne sont faites ni pour mon talent,
« ni pour ma personne. »

Il est demandé partout pour orner des hôtels
particuliers ou des demeures seigneuriales, car
chacun répare les affronts de la première République, et le luxe surpasse celui de l'ancien régime,
(ce qui prouve qu'il n'était guère la peine d'en-
sanglanter un pays pour aboutir au même
résultat...) On peut encore voir des peintures
de Prud'hon, (dit la *Biographie Didot*), dans
l'ancien hôtel de Monsieur de Landy (rue Laf-
fitte), acheté par Monsieur de Rothschild, et
occupé par une administration de chemins de fer.

Nous croyons notre artiste heureux ? Hélas !
son intérieur n'était plus tenable ; sa femme faisait des scènes continuelles, des dépenses sans
bon sens ; enfin, presque toujours absente, c'est
Prud'hon qui berçait les enfants. Greuze l'a souvent surpris, ébauchant un tableau, au milieu
de ses six enfants, deux sur ses genoux, un sur
le dossier de son fauteuil, les autres à ses pieds.
Il ne se plaignait jamais, souriait tristement ;
mais la vie devenant intolérable, le peintre
demanda la séparation.

Vous le croyez délivré de cette furie ? Point
du tout ; elle le poursuit de ses réclamations, de
ses querelles, jusqu'à la Sorbonne où elle le guettait.
Il dut solliciter la force publique pour l'empêcher

de revenir, mais ne put rien obtenir. Madame
Prud'hon parvint jusqu'à l'Impératrice, et là, fit
une scène tellement scandaleuse, que cette fois on
donna ordre de l'enfermer dans une maison de santé.

Pauvre mari, pauvre père, quelle triste délivrance ! Pour adoucir, semblait-il, ses dernières
années, un bon génie mit sur sa route la charmante Mademoiselle Mayer, qui fut une délicieuse compagne, une délicate inspiratrice et,
de plus, une mère pour les jeunes enfants du
peintre ; elle dota même Mademoiselle Prud'hon.
Croyons-nous que le peintre, entouré d'affection, arrivé à la gloire, vivant à peu près confor-
tablement de son travail, a fini de souffrir ?
Non ; une dernière douleur lui était réservée.
Dans un accès de mélancolie, Mademoiselle
Mayer se suicida d'une façon atroce : elle se
coupa la gorge avec un rasoir.

On explique cette tristesse et son déplorable
résultat de deux façons. Voici la première :
Madame Prud'hon, toujours internée, venait
d'être excessivement malade ; l'artiste fut à la
veille d'être veuf. Timidement, Mademoiselle
Mayer, qui depuis vingt ans se dévouait à son
ami, lui demanda : « Vous remarierez-vous ? —
Ah ! jamais ! » s'écria Prud'hon, se souvenant
des lamentables années conjugales. (1)

---

(1) Cité par Goncourt et Houssaye.

Il ne s'aperçut point qu'il blessait mortelle-
ment la jeune femme aimante et douce, fidèle
et bonne, femme d'élite, ayant donné sans
regret à celui qu'elle aimait, sa jeunesse, sa
beauté, sa tendresse. Mademoiselle Mayer, frois-
sée dans le plus intime d'elle-même, se retira
dans son appartement. Comme ses larmes
durent être lourdes, cruelles, amères !... L'homme
le meilleur est parfois, inconsciemment, si
égoïstement féroce ! !... Elle pensa sans doute
ce que Mademoiselle Annie de Pène devait bien
joliment exprimer, plus tard : « La femme...
ce n'est pas fait pour être heureux... » Devant
l'injustice, telle les belles grecques amoureuses,
il lui sembla intolérable de supporter le triste
poids d'un amour déçu ; elle courba la tête et
se réfugia dans la mort, l'amie des isolés...

La deuxième version est celle-ci : Prud'hon
et Mademoiselle Mayer avaient leur atelier
côte à côte, dans les bâtiments de la Sorbonne.
A propos de réparations ou d'agrandissements
on déclara aux artistes qu'ils eussent à se pour-
voir d'un autre local. Mademoiselle Mayer
s'imagina que ce renvoi était dû à sa situation
irrégulière et ne voulant pas survivre à la honte
elle se tua.

Ainsi un stupide préjugé, (qui ne rend pas ses
adeptes beaucoup plus heureux), fit mourir une
femme de cœur, et hâta la fin d'un de nos plus

grands artistes ; car le pauvre Prud'hon, seul, désespéré, inconsolable, traîna alors une vie morne, terne, désolée. « C'est à la tombe de mon amie, écrit-il, que s'attachent toutes mes pensées ». Le 17 mars 1822 il achète un terrain près de celui de Mademoiselle Mayer ; il meurt en 1823, disant à ses amis : « Ne pleurez pas, c'est mon bonheur ».

Voilà cette triste et lamentable vie. Ceux qui sont heureux devraient souvent lire de ces récits afin que l'idée leur vienne d'apprécier au moins leur bonheur et leur tranquillité. Ils y apprendraient mieux encore ; (mais il ne faut pas trop exiger de la faible nature humaine), ce serait de comprendre comment on peut éviter bien des larmes et des douleurs, en sachant faire *intelligemment* le bien autour de soi, en argent ou en bonté.

BIBLIOGRAPHIE : Journaux du temps : *Mercure, Gazette, Lettres récréatives, Galerie des Dames françaises, Le vieux Cordelier, La Quotidienne, Le vieux Tribun, La Bouche de fer, Le Messager du soir, Le Grondeur, Chronique de Paris, Tableau de Paris* (Mercier), *République des lettres, Toilette de Vénus, Le Miroir, L'Accusateur Public, Courrier de Paris, Tableaux des Prisons de Paris, Le Babillard, Nouvelles Politiques, Journal de la Cour et de la Ville*, etc., etc., etc.

Mémoires : Ange Pitou, Aussonne, Mˡˡᵉ de La Fayette, Mᵐᵉ d'Epinay, de Genlis, Bachaumont, Bezenval, etc.

Correspondance : Baron Grimm, Voltaire, etc.

Etudes sur le XVIIIᵉ *siècle* : Baron de Batz, P. de Nolhac, de Reiset, Goncourt, Houssaye, Docteur Cabanès, Franklin, etc., etc.

CHAPITRE V

Ecrivains dédaignés du 18ᵉ siècle

> Les adaptions furent faites par
> Mˡˡᵉ Bruhier à la diction fort ori-
> ginale et très appréciée du public.

Puisqu'il s'agit des écrivains du xviiiᵉ siècle,
disons quelques mots du théâtre d'alors.

Tout ce qui y touchait, de près ou de loin,
était d'une importance extrême pour la majorité
des gens de la Cour et de la Ville. C'est une
conséquence presque infaillible que l'on retrouve
à toutes les époques de décadence : Rome eut
ses cirques ; le xviiiᵉ siècle eut son engouement
pour les planches ; nous... nous avons une
maladie plus dangereuse encore : le cinémato-
graphe à toutes les portes... N'est-ce pas lamentable ! Ne faut-il pas s'écrier, avec les *Lettres
récréatives* : « Je plains de tout mon cœur ceux
« qui ont besoin de spectacles pour sentir le
« bonheur d'exister ! »

Au reste, maintenant, théâtre ou cinéma ne valent guère mieux. Cette question a été fort joliment traitée par Maurice Prax ; voici quelques-unes de ses opinions : « Tous les théâtres « qui se fondent sont d'un luxe inouï ; les fau- « teuils sont couverts de couronnes, les frises « sont, pour le moins, en or ; les actrices sont « en diamants. »

Plus loin il ajoute : « Les pièces sont extrê- « mement distinguées ; les personnages ont tous « cent mille francs de rente, car les pauvres « sont ennuyeux ; ils écœurent ou attendrissent « et il ne faut pas de cela. Il n'y a pas d'intrigue « afin que les gens qui arrivent à onze heures « un quart ne se trouvent pas dépaysés. »

Naturellement, il n'est point question d'écouter, encore moins de comprendre : « Tous les « directeurs, en effet, ne veulent plus recevoir « que des gens du monde... Les dames étalent « leurs cheveux les plus récents et leurs charmes « les plus capiteux ; elles parlent, elles rient, « elles sont ravies. »

Bien entendu, il n'est donné, à ces « Chambrées », que des œuvres signées de noms connus ; ainsi l'opinion est toute faite et il n'y a plus la fatigue d'avoir à se demander si cela « vaut quelque chose ». Non ; du moment que la signature y est, même si c'est idiot, la salle se pâme. Les snobs sortent les vieux clichés toujours prêts : « *C'est d'un fouillé...* » ou bien : « *Quelle poésie!...* » « *Ravissant, ma chère...* » « *Ah! ce un tel... comme il connaît bien le cœur humain!...* » « *Et puis, c'est étrange... cela ne ressemble à rien...* »

Les quelques rares lettrés, perdus, égarés au milieu de ces mondains, se demandent, effarés : « Qui est-ce qui est fou ? Moi, les spectateurs, l'auteur, ou le directeur qui ose servir une telle ineptie ? » Mais les bravos retentissent de toutes parts et le paysan du Danube n'a plus qu'à se retirer chez lui pour méditer, dans le calme de la retraite, sur ces trois questions : ou bien l'auteur a voulu se « payer la tête » du public, et voir jusqu'où irait sa servile admiration ; ou bien il a fait faire la pièce par un mercenaire ; ou bien nous nous dépravons joliment pour ne pas avoir le courage de siffler de pareilles balourdises.

Je pencherais plutôt vers cette dernière solution. Pour les directeurs, ils spéculent sur la bêtise de ceux qui ne voient rien au-delà de « la mode », du « genre », du « chic » ; ils ont raison, car cette bêtise est illimitée, et ils y gagnent beaucoup d'argent.

Les *jeunes*, eux, n'ont qu'à s'arranger, pour débuter, par être *célèbres*. Ce n'est pas très facile, mais il n'y a plus que ce moyen-là aujourd'hui. Quant au talent, il ne peut en être question un seul instant, c'est trop vieux jeu; on laisse cela à des Racine, Musset, Vigny, Lamartine, Baudelaire.

Mais revenons au théâtre de jadis. Les querelles des filles prenaient des proportions d'affaires d'Etat ; et, (autre symptôme de pourriture), cette tourbe des courtisanes envahissait scandaleusement toutes les classes, montant progressivement, submergeant et souillant jusqu'aux marches du trône.

Sans citer Madame du Barry, on lit dans Bachaumont : « Les filles qu'on appelle « de « bon ton », fondent de grandes espérances sur « le roi de Danemark. Les unes ont été au-devant « de lui ; d'autres, à force d'argent, ont obtenu « de placer leur portrait dans les boudoirs de « l'hôtel. Enfin, Mademoiselle Gandi, de l'Opéra, « dont *la cupidité dévorerait un royaume* (! ! !) « eut l'audace d'envoyer sa figure, en miniature, « à ce prince. »

Evidemment, il y a là un manque de pudeur total. Elle était comme cette demi-mondaine actuelle, confiant à son amie : « Ah ! si le roi de Grèce me jetait le mouchoir !... » « — N'y comptez pas, il ne se mouche plus », répondit en souriant... le Roi lui-même qui avait entendu le souhait...

A Longchamps, c'était déjà « la mode des « attelages coûteux et des extravagances pour « les demoiselles d'un monde douteux. L'une

« d'elles fait sensation en se promenant dans une
« calèche de course, peinte en bleu, attelée de
« six poneys pas plus gros que des dogues. » (1)

Les femmes « nées » se plaignent d'être
côte à côte avec ces créatures. « Les hommes ne
« se montrent point avec elles, ce qui eût été
« le comble de l'ignominie, mais ils se ruinent
« pour leur donner des équipages. » (2)

La police était parfois obligée d'intervenir
pour arrêter des exhibitions vraiment hors de
propos, dans un moment où la famine régnait
en maîtresse ; telle cette adepte de Vénus,
(Mademoiselle Deschamps), qui comptait attirer
tous les regards par la richesse inouïe de son
attelage : elle avait fait orner de strass les harnais de ses chevaux. Un ordre du lieutenant de
police empêcha sa sortie...

A propos de ce Longchamps, si en vogue au
XVIIIᵉ siècle, et même maintenant, en connaît-on
l'origine ? Jadis, Isabelle de France, la célèbre
sœur de saint Louis, avait fondé un monastère
à huit kilomètres de Paris, dans un petit village
appelé Longchamps. Des concerts spirituels,
organisés dans la pieuse abbaye, attirèrent
beaucoup de « nobles seigneurs et gentes dames »
Il était de mode d'aller entendre *Ténèbres* les

(1) Comtesses Dash et Bachaumont.
(2) Comtesse Dash

Mercredi, Jeudi et Vendredi Saints. Or, comme Pâques fleuries est au début de la saison nouvelle, toutes les élégantes et les étrangères faisaient assaut de toilettes inédites ; les hommes paradaient sur des chevaux payés fort cher. La visite au couvent ne fut plus qu'un prétexte à promenade où rivalisaient le luxe, la richesse, les vains bruits du monde. L'Office Saint était complètement oublié. Un archevêque de Paris crut mettre fin à ce désordre en supprimant les concerts. Mais l'habitude était prise et l'on continua à se donner rendez-vous au même lieu, chaque saison, pour lancer les modes d'été.

Peut-être est-ce de là que revenait Louis XV quand eut lieu l'étonnant dialogue suivant : « Combien pensez-vous que me coûte mon carrosse, demanda le souverain au ministre Choiseul. — Mon Dieu... cinq à six mille livres pour moi, mais pour vous, Sire, qui payez en roi, mettons huit mille. — Vous êtes loin du compte... il me revient à trente-six mille... »

Pauvres finances !...

Au Longchamps du XVIIIᵉ siècle, on coudoyait donc les aristocrates, les Vénus à la ceinture hypothétique, et les actrices et acteurs. Ces derniers, mon Dieu, ressemblaient fort aux nôtres ; leur fatuité était identique. Par exemple, le mot de Vestris père parlant de son fils : « Quelle « force ! quelle légèreté ! C'est *uniquement* par

« égard pour ses camarades qu'il retombe sur les « planches et ne reste pas toujours en l'air... » On ne nous dit pas si Vestris était originaire du Midi.

Même animosité entre les camarades. Mademoiselle Clairon, toujours malade, ne jouait qu'à des intervalles très irréguliers. Les sociétaires le lui reprochèrent : « Il est vrai, répondit-elle, mais une de mes représentations vous fait vivre pendant un mois ! » (1)

Même suffisance et même orgueilleuse exagération de leur importance : Quinault-Dufresne ne parlait jamais à ses domestiques, parce qu'il pensait être pétri d'une autre pâte!... Quand il prenait une voiture et arrivait à destination : « Allons, qu'on paie ce malheureux ! » Quand il devait jouer et qu'une indisposition l'en empêchait, il disait : « Allez donc dire à ces gens que je ne jouerai pas aujourd'hui ! »

Au début de la Révolution, il y eut une lutte épique entre deux acteurs célèbres : Naudet (représentant l'ancien régime), et Talma (représentant les idées républicaines). Elle toucha presque au drame, si bien que les poignards émoussés se transformèrent en vrais poignards, et que, sous la toge et le pourpoint, se cachaient des pistolets. (Il n'était pas encore question du Browning) ! Quand des gens acclamaient Talma,

(1) *République des Lettres.*

d'autres spectateurs, payés, criaient, de la salle :
« Non ! Non ! » Le maire de Paris, Bailly, dut intervenir ; il mande la Compagnie, pour avoir une
explication nette des choses, mais les acteurs
restent chez eux... Sommés une deuxième
fois, ils refusent de venir. Bailly donne alors
l'ordre formel de reprendre les pièces où jouait
Talma. Ce jour-là, ce fut vraiment un soir à
grand spectacle : Talma s'avance et, s'adressant
au public : « Messieurs, dit-il, une série d'événements m'ont fait la cause involontaire des
chagrins auxquels la Comédie a été en butte,
et particulièrement Monsieur Naudet, à qui,
dans le moment, je me fais un devoir rigoureux
de rendre toute la justice qui lui est due. » On
pousse Talma dans les bras de Naudet, mais
celui-ci se refuse à l'embrassement. Toute la
salle trépignait : « Qu'il l'embrasse à genoux !... » (1) Enfin, il fut contraint de céder,
mais il embrassa froidement Talma et Dugazon.

A côté de ces querelles, qui nous parviennent,
parce que s'attaquant à des célébrités, à côté de
leur gloire et de leur fortune, que de misères
dans ce monde théâtral !...

N'est-elle pas poignante, cette plainte d'une
Sainval, racontant « qu'elle était obligée de
« détacher de ses vêtements tragiques des mor-

(1) Cité par Goncourt.

« ceaux de broderie, pour les vendre et pour en vivre ! » Et vivre comment ! Lisons la fin de sa lettre : « ... vivre de privations, pour nourrir « ma mère, mon père, ma sœur, mon frère. » Elle habitait un humble logis au presbytère de la paroisse Saint-André. Elle n'osait protester contre ceux qui entravaient sa carrière en lui refusant systématiquement toutes les occasions de jouer, car, à cette époque, la terrible lettre de cachet sévissait encore, lettre qui pouvait vous faire jeter dans un cachot pour n'en plus sortir.

Dans cette vie des théâtres, nous trouvons cependant de jolis traits. En voici un : Mademoiselle Gaussin fut longtemps aimée par un fermier général nommé Bouret. Un jour de fête il lui remit un blanc-seing. « Prenez garde, interrompit-elle en riant, j'en abuserai ! » Puis les années passèrent, la vie sépara les deux amis et, bien longtemps après, le riche Bouret vit péricliter ses affaires, si bien ou plutôt si mal, qu'il en vint à ne pouvoir payer ses dettes. Dans la longue file d'huissiers apportant chaque jour les réclamations de leurs clients, il s'en présenta un au nom de Mademoiselle Gaussin. « Ah ! j'avais oublié celui-là, s'écria le malheureux, mais coûte que coûte, je le paierai ! » Il déplie le papier et lit :

« Je jure d'aimer Gaussin toute ma vie. »

BOURET.

L'actrice, en effet, avait appris la ruine de son ancien compagnon ; elle avait pensé que le temps de l'échéance était arrivé et son cœur lui avait dicté ce qu'il fallait mettre au-dessus de cette signature... J'ai eu le tort de dire que notre siècle ressemblait au XVIIIᵉ ; il n'en a que les vices, et dans notre siècle de luxe où, pour cinq francs, on vendrait son père et sa mère, on trouverait difficilement semblable désintéressement.

Voyons donc, maintenant les écrivains qui papillonnaient dans ce milieu. Je ne parlerai pas des plus importants, car à force d'écrire des volumes sur Voltaire, Jean-Jacques, Montesquieu, il reste peu à trouver sur ces sujets. Certains autres, plus oubliés, ont cependant leur valeur. Evidemment, je ne m'arrêterai pas à Chamfort si jaloux et détestant cordialement tous ceux dont on disait du bien. « Un jour « raconte Madame Suard, on complimentait un « auteur ; je regardais Chamfort, l'envie et la « furie étaient peintes sur ses traits. « Un autre disait : « Il m'est arrivé vingt fois de m'en « aller de sa conversation, l'âme attristée, « comme si je fusse sorti du spectacle d'une « exécution. » Son esprit mordant lui faisait de nombreux ennemis ! Il avait des répliques cinglantes ; témoin ce dialogue : Ruhlière racontait un jour : « Je n'ai jamais fait qu'une

méchanceté dans ma vie. — Quand finira-
t-elle ? » répliqua brusquement Chamfort ?

Un auteur peu banal, c'était Marivaux.
Quand il faisait représenter ses pièces, il ne
voulait pas être connu ; c'était un ami qui
servait d'intermédiaire ; les acteurs même, igno-
raient le nom de l'auteur. Marivaux allait ensuite
à la représentation de ses pièces, payait comme
un vulgaire spectateur, s'ennuyait... et le disait
à ses voisins !

On raconte aussi, de lui, cet autre trait, au
temps où, (ruiné par le système Law), il vécut
dans la gêne, après avoir eu tous les luxes. Un
pauvre lui demande l'aumône : « Pourquoi ne
travailles-tu pas ? — Oh ! Monsieur, si vous
saviez comme je suis paresseux ! » Amusé par
cette franchise, l'auteur vida sa bourse dans la
main du mendiant.

Rapprochons de cette histoire la répartie de
l'Espagnol qui tendait la main aux portes
de Madrid : « N'êtes-vous pas honteux de faire
ce métier infâme, quand vous pourriez travailler?
lui dit un passant. — Monsieur, répondit le
gueux, je vous demande de l'argent, et non des
conseils. » Et l'homme tourna le dos.

Marivaux donnait, du reste, toujours très largement, disant, avec juste raison, que : « pour
être *bon*, il faut l'être *trop*. » Belle parole, que l'on
devrait graver à la porte de toutes les demeures !

Disons quelques mots de Panard, (dont le nom semblait fâcheusement prédestiné !) Cet écrivain, avait, comme La Fontaine, le plus complet dédain des choses pratiques. Le soin de se nourrir, de se vêtir, de se loger ne le regardait point : c'était l'affaire de ses amis. Marmontel, directeur du *Mercure*, avait souvent besoin de poésies, pour compléter son numéro ; il allait trouver Panard : « Fouillez, disait Panard, dans la boîte à perruques. » Cette boîte était, en effet, un vrai fouillis, où étaient entassés pêle-mêle et griffonnés sur des chiffons... des vers ! Ses manuscrits étaient presque tous tachés de vin. Quelqu'un lui en fit le reproche. « Prenez, prenez, disait-il, c'est là, le cachet du génie. » On voit que Musset avait eu déjà un sérieux prédécesseur !

Panard parlait du vin comme d'un ami, il avait pour lui une véritable tendresse. On conte qu'à la mort d'un écrivain, il alla visiter sa tombe ; mais là, il fondit en larmes : « Les misérables !... ils l'ont mis sous une gouttière, lui, qui depuis l'âge de raison, n'avait pas bu un verre d'eau ! »

Mais arrêtons-nous à Piron. On peut citer de lui, des bons mots à foison, tel celui sur l'Académie : « L'Académie française est un Corps où l'on reçoit des gens titrés, des gens d'Eglise, des gens de robe et même des gens de lettres. »

Il avait peu de respect pour cette honorable institution. Son persiflage alla jusqu'à la mort, puisque dans son épitaphe il écrivit :

> Ci-gît Piron qui ne fut rien
> Pas même Académicien.

Il faut dire que le poète avait échoué, quand il avait brigué un des quarante fauteuils. Sa consolation et sa vengeance furent une spirituelle réflexion : « En fin de compte, il m'eût « été difficile de faire penser trente-neuf per- « sonnes comme moi et j'eusse pu encore moins « penser comme trente-neuf personnes. »

Piron n'est pas le seul à railler la docte Assemblée. Fontenelle répondait à une provinciale qui interrogeait : « Qu'est-ce donc que ce fauteuil académique, dont j'entends toujours parler ? — Madame, c'est un lit de repos où le bel esprit sommeille. »

L'ironie de Piron est peut-être due à ses pénibles débuts. Son père eut la bizarre idée d'enivrer Piron et ses frères, afin de connaître leur caractère ; disant que, dans l'ivresse, les tendances se manifestent librement. Je ne sais quel fut le résultat de l'expérience ; quoiqu'il en soit, quand Piron fut mis au collège, ses professeurs, après un stage le déclarèrent « d'une incapacité notoire et perpétuelle. » A trente ans, Piron ne gagnait encore que 2 francs par jour, comme copiste. Avec lui travaillait un soldat qui gagnait 1 franc par jour. Après six mois de copie, ils n'avaient ni l'un ni l'autre touché la moindre somme !... Ceci était grave pour la solution du problème de la vie quotidienne... Le grand seigneur qui les employait leur avait promis dix ans de travail, mais notre copiste, mourant de faim, n'attendit pas davantage et se lança dans la littérature. Misère pour misère, autant valait faire quelque chose qui plaise !... (1)

Son premier succès fut dû à une bizarre circonstance : le Directeur actuel de l'Opéra, ne voulait donner en spectacle que des danseurs de corde et des équilibristes. Aux violentes réclamations des auteurs — qui voyaient dans cette mesure arbitraire l'impossibilité de placer leurs pièces, — le Directeur ne fit qu'une légère concession : Un *seul acteur* parlerait. Les malheureux écrivains ne pouvant mettre sur pied un scénario à unique personnage renoncèrent, sauf Piron, qui en deux jours fit *Arlequin Deucalion.* Ce tour de force lui rapporta 600 francs.

Il continua donc à suivre la pénible carrière chantée par Boileau et cela avec des alterna-

(1) Cité par Didot.

tives de succès et de revers. Il n'était pas extraordinaire de voir une de ses pièces sifflée l'après-
midi et une autre acclamée le soir. Piron appelait
cela « recevoir un soufflet sur une joue et un
baiser sur l'autre. »

Mais ce qui fait sa gloire c'est incontestable-
ment sa *Métromanie*, (rien du moyen de loco-
motion que nous employons actuellement !...)
Il circule à ce sujet une assez drôle anecdote.

Mademoiselle Gauthier, actrice, y collabora
indirectement. Elle racontait, en effet, que
Piron l'ayant chargée de présenter sa pièce au
comité de lecture, elle accepta avec plaisir,
gagnée par la vivacité et le feu de l'esprit de
l'auteur. Mais elle ne put achever la lecture
de l'ouvrage tant l'improbation fut générale.
Elle rend la pièce ; mais tout en disant le résultat
de sa démarche, elle encourage l'auteur en lui
disant « qu'il y a évidemment de très bonnes
choses dans son œuvre. » « — Que faut-il faire,
s'écrie-t-il désolé. — Je n'en sais rien, répondit-
elle, mais cherchez. »

Au bout de quelques jours, il revint. Mademoiselle Gauthier rejetait sans pitié ce que son
instinct lui faisait sentir de non théâtral et
acceptait le reste. Nouveau travail, nouvelles
critiques de Mademoiselle Gauthier. » — Mais
comment faut-il faire, alors ? s'écriait le mal-

heureux poète. — Je ne sais pas, mais recommencez. »

Nouveaux changements, nouvelle épreuve. A chaque visite c'était encore une épuration ; avec une patience inlassable, Mademoiselle Gauthier disait franchement ce qu'elle trouvait bien, déchirant sans pitié ce qu'elle prévoyait inférieur. Ce mélange de rebuffades et d'éloges dura plus d'un an. Enfin la pièce fut à point, et c'est ce qui permettait à l'actrice de se dire en riant, — quoiqu'elle n'eût jamais ni dicté une phrase, ni retouché une scène, — « qu'elle se « regardait, non sans raison, comme un des « auteurs de la *Métromanie.* » (1)

On attribue à Piron une assez mauvaise plaisanterie vis à vis d'un autre auteur du temps : Danchet. Un poète, (Piron, en l'espèce) alla consulter Danchet sur une élégie à son amie, et qui commençait par : « Maison qui renfermez « l'objet de mon amour... » « — Maison est un peu « faible, dit le censeur consulté, mettez plutôt : « Palais, beau lieu... — Oui, mais c'est une maison « de force », remarque l'inconnu, à la grande stupeur du vieil académicien. (2)

Qu'était-ce donc, ce Danchet ? Le pauvre homme, bien digne d'éloges pourtant, — (puis-

(1) Anecdotes Ceilnart.
(2) *Idem.*

qu'il se privait du nécessaire pour subvenir aux besoins de sa vieille mère), — est surtout connu par le célèbre couplet de Jean-Jacques Rousseau :

« Je te vois, innocent Danchet,
« Grands yeux ouverts, bouche béante,
« Comme un rat pris au trébuchet,
« Ecouter les vers que je chante. »

On raconte que Danchet voulant faire faire son portrait, se présenta chez un artiste, qui fut pris d'un fou rire en regardant cette figure si exactement dépeinte par le philosophe genevois. « Je suis sûr que vous pensez à ces maudits vers ! » s'écria le poète furieux. Et c'était vrai.

Cependant, Danchet eut quelques compensations dans la vie. Le succès de sa première pièce fut tel... qu'il fut congédié par les parents de ses élèves... Conclusion bizarre, semble-t-il, car enfin, n'est-il pas préférable d'avoir comme professeur un être intelligent et s'élevant au-dessus de la moyenne, plutôt qu'un maître quelconque ?

Il fut consolé de ses déboires par son admission parmi les quarante. Cet honneur fut surtout mérité par sa bienfaisance, (disent malicieusement ses contemporains). Voltaire, ne manqua pas l'occasion d'un bon mot : « On peut gagner l'Académie, comme on gagne le Paradis » disait-il...

Je ne ferais que citer Marmontel, dont Madame du Deffand disait : « Ce n'est qu'un gueux vêtu de ´guenilles. « Ce « gueux » fut pourtant bien soutenu par Madame de Pompadour, plus soutenu encore que Bernis, lequel lui avait, jadis, fort spirituellement servi de secrétaire dans les débuts de sa liaison avec Louis XV. Ce qui explique peut-être le « *ragoût* » des lettres de la favorite....

Au moment où l'on jouait *La Guirlande,* pièce de Marmontel, le poète ayant à faire une course pressée, prend un fiacre et dit au cocher : « Evitez le Palais-Royal pour aller plus vite. — Ne craignez rien, Monsieur, dit le rustre, il n'y a pas foule, ce soir, on donne *La Guirlande...*» L'histoire ne dit pas si Marmontel fut flatté ; sa philosophie n'atteignait peut-être pas celle de Marivaux... se critiquant lui-même !... Autre persiflage, cité par Bachaumont, ces deux vers du *Dialogue du Goût* :

       Marmontel le soir tu prendras,
       Afin de dormir longuement.

Ce n'est pas sans intention, qu'au milieu de tant de poètes délaissés, j'ai repêché Piron, Danchet, Marmontel. Ils ont une étroite et désagréable parenté : la pauvreté. Tous trois connurent les débuts pénibles, angoissants, les jours mélancoliques durant lesquels on erre le ventre creux et cependant en s'efforçant de sourire pour donner le change !... Tous ont connu les longs rêves dans les mansardes obscures et glacées, les espoirs déçus. Les deux derniers ont un lien plus grand : Piron ne réussit à se marier, à fonder un foyer, qu'à cinquante-deux ans !... Sa femme avait cinquante-trois ans. Et leur rêve si longtemps caressé, si tard réalisé finit tragiquement : Madame Piron devint folle, quatre ans après.

Piron ne s'en consola jamais. Il est dur, quand on a orienté toute sa vie vers un but, quand on a mis pour y atteindre, tous ses efforts, et qu'on a sacrifié pour l'acheter, ce bien inappréciable : la jeunesse,... de voir soudain tout s'écrouler lamentablement. C'est la triste part des pauvres, rien ne leur réussit. N'ont-ils pas, cependant, droit au bonheur, comme les autres ?

Marmontel se maria encore plus tard : à cinquante-cinq ans. Et certes, les deux écrivains estimaient avoir bien gagné ce bonheur. Je pense en outre, qu'après toutes ces luttes contre le sort contraire, la joie d'avoir enfin une petite part d'amour et d'affection devait leur donner un regain d'enthousiasme, qui les faisait plus affectueux que bien des « vrais jeunes. » Du reste, en vertu de quel principe décide-t-on qu'à partir d'un certain âge il n'y a plus de droits à la

vie ? Cela rappelle la boutade de Clémenceau,
somnolant au Sénat, tandis que M. Doumergue
lisait un compte-rendu : « Ce vieillard de
soixante-sept ans » ... était-il dit... — « Quel est
l'idiot qui a écrit cela ! » s'exclame le Tigre,
réveillé en sursaut !... (1)

Dans notre période d'arrivisme féroce, où les
Jeunes ont le cœur tellement desséché par l'*ambition de l'argent*, (lequel n'a point la noblesse
de l'*ambition* tout court), — les *Vieux* l'empor-
tent sur eux, parce qu'ils ont su garder la galan-
terie d'une autre époque, — (fort lointaine de
notre xxᵉ siècle, hélas !), — et qui se résume dans
une délicatesse exquise que peut seul donner
une parfaite éducation. Les contemporains ont-
ils remarqué le geste du directeur de l'*Homme
libre*, allant chez une fleuriste, au 1ᵉʳ mai, pour
donner l'ordre que chaque jour des fleurs fussent
portées au « Mois de Marie » des Religieuses,
en souvenir de leurs bons soins ? Ne faut-il pas
admirer cette constance dans une reconnaissance
émue, à une époque où, même des amants,
oublient vis à vis de leur maîtresse, la plus
élémentaire des politesses ?... Et voilà pourquoi,
souvent, on préfère des gens d'un autre âge,
peut-être, mais d'un âge plus raffiné... car dans
l'affection il n'y a pas que l'amour, il y a *mieux,*

(1) *Cri de Paris.*

il y a *plus* : il y a la Tendresse, le Dévouement et l'Amitié.

Je n'ai pas oublié que le titre de ma conférence portait : *Crébillon*. Il y en avait deux : le père et le fils, le triste et le gai. (1)

Parlons d'abord du père. Lui aussi fut pauvre. Harcelé de créanciers, ce fut celui qui obtint le premier, un arrêté « déclarant insaisissables les productions de l'esprit. » Quand on demandait au poète pourquoi ses tragédies étaient toujours si terrifiantes, il avait coutume de répondre : « Que voulez-vous ? Corneille a pris le ciel, Racine la terre ; il ne me restait que les enfers ; je m'y suis jeté à corps perdu ! » Aussi ses œuvres soulevaient-elles toujours de violentes polémiques. L'abbé de Chaulieu disait d'une des œuvres de Crébillon : « Elle aurait été assez claire, n'eût été l'exposition. »

Mais notre écrivain avait d'ardents amis, tel Prieur, le procureur qui avait engagé Crébillon dans la voie du théâtre, et qui disait à l'écrivain, la veille d'*Astrée* : « Je n'ai que quelques jours à vivre, mais je veux voir jouer votre tragédie. » Il se fit porter au théâtre. « Je meurs content, dit-il ensuite, j'ai fait un poète. »

La première fois qu'on assistait à une de ses pièces, on était saisi d'effroi ; on y voyait cou-

(1) A. Houssaye.

ramment des meurtres, des parricides, des coupes de sang prêtes à être bues. Aux premières représentations, les spectateurs poussaient des cris d'effroi. Ensuite.. « ils se penchaient pour mieux voir..»

La haine de Lamotte et de Fontenelle prit prétexte de ces tableaux réalistes pour faire échec à la canditature de Crébillon pour l'un des fauteuils académiques..Les académiciens déclarèrent « qu'il devait avoir l'âme bien noire, puisque ses tragédies étaient si terribles ! » Cet homme à l'âme « si noire », recueillait tous les chiens et chats qu'il rencontrait ; aussi, il écrivait ses pièces au milieu d'un tapage épouvantable, et distrait par les gambades de tous ces animaux. « Quelle idée de vivre au milieu des bêtes » s'écriait-on ! — C'est depuis que je connais les hommes, répondait-il ; alors, ne pouvant vivre au milieu de mes pareils, je me suis entouré d'animaux. »

Le ménage Crébillon était souvent sans argent ; l'écrivain n'en recueillait pas moins tous les barbets abandonnés qu'il rencontrait. Un jour il en rapporte deux, cachés sous son manteau « Mais nous en avons déjà huit ! s'écrie sa femme affolée, et quinze chats !... — Pouvais-je les laisser mourir dans la rue ? — Hélas ! dit tristement Madame Crébillon, ils mourront donc de faim ici. »

On se demande quelle pouvait être l'épouse

assez dévouée pour vivre au milieu de cette
ménagerie, et réussir à faire manger tout ce
monde, avec les ressources bien aléatoires d'un
homme de lettres, pas courtisan. Crébillon avait
épousé la fille d'un apothicaire, à la grande
fureur de Jolyot Crébillon père, qui avait, de
l'affaire, déshérité son fils. Songez donc, un
enfant qui, (au lieu de chercher à prendre la
suite de la charge paternelle), écrivait des vers !...
Un fils qui, au lieu de continuer l'effort paternel
vers un anoblissement prochain, — en épousant
une jeune fille bien apparentée, — s'unissait à
la fille d'un roturier !... Quel scandale !... C'est
vrai... or, noble, Crébillon fut, sans doute, resté
inconnu ; écrivain illustre, les lettres acclament
son nom ! Mais toute gloire naissante doit payer
sa rançon ; et ce sont les esprits étroits qui se
chargent par leur mesquine opposition, de
prélever ce tribut...

Quand cette fidèle Charlotte mourut, elle dit
à son mari la plus belle parole qu'une femme
puisse dire à l'homme qu'elle aime : « Restez,...
si vous êtes là, je croirai que je m'endors. » Il
devint veuf à cinquante-six ans, et n'oublia
jamais la douce et bonne compagne des jours
passés. Quinze ans après, on le surprenait encore,
racontant ses ennuis à l'ombre de Charlotte. (1)

(1) Cité par Houssaye et Goncourt.

Alors commença pour lui une vie étrange ;
il vivait dans un grenier sombre, sale, fumant
d'une façon incroyable, n'ayant qu'un lit, une
table, une chaise et *un fauteuil* « en cas qu'un
honnête homme ne vienne le visiter. » Il conti-
nuait à recueillir les bêtes errantes et malheu-
reuses ; mais, si, au bout d'un certain temps,
l'adopté n'avait pas réussi à apprendre un tour
quelconque, il était décrété inintelligent et
comme tel, Crébillon le reportait, en gémissant,
sur une borne.

A la mort de Lamotte, notre poète entra enfin
à l'Académie. Il fit son discours d'admission en
vers, chose qui ne s'était jamais faite. Au reste,
il avait une mémoire extraordinaire. Ainsi il
composait et rimait toutes ses pièces, sans en
écrire un mot. *Xérès* fut la seule qui fut écrite,
dit-on. Un jour, croyant avoir fait un chef-
d'œuvre, il réunit des amis et récite ses cinq actes
mais la tragédie ne souleva aucun enthousiasme.
« Aussi, ai-je bien fait de ne pas l'écrire. — Pourquoi donc, demande l'un des auditeurs surpris ?
— Je me suis ainsi évité la peine de la jeter au
feu ! »

Les vers n'étaient donc fixés sur le papier
qu'au jour où il était certain de « caser » son
œuvre. A soixante-quatorze ans il récitait aux
comédiens stupéfaits, toute sa tragédie de
Catilina, surveillait lui-même les répétitions,

tout cela dans un costume indescriptible, car le poète vécut presque toujours dans la misère.

Ce fait est inexplicable à une époque où l'on protégeait tant les arts. Ah ! oui, mais il fallait être courtisan, faire partie du salon de Madame X... ou Y..., laquelle condescendait à solliciter une pension pour vous. Les poètes de ce temps-là ne pouvaient guère vivre qu'à la condition de dîner en ville, ce qui servait à la fois la bourse et l'ambition ; car, à ces réceptions, on courait le risque de rencontrer quelque riche douairière se toquant du poète, et le protégeant. Il fallait si peu, pour décider ces dames. Un rien suffit à ces têtes de linottes pour adopter un homme ! Ainsi quand on reprochera à Madame de Luxembourg son engouement pour La Harpe, elle répondra : « Il donne si bien le bras ! »

Ou bien, il fallait se faire secourir par quelque riche intendant, tel ce poète, présenté par Boutru, au ministre des Finances : « C'est un homme qui vous donnera l'Immortalité, mais il faut, d'abord, que vous lui donniez de quoi vivre. »

Or, Crébillon avait trop de génie pour être un plat adulateur, et c'est pourquoi il habita un grenier toute sa vie... Il est vrai que, perdu dans son rêve, le grand tragique oubliait les ennuis inhérents à la vie. A force de renoncement et de courage, l'art « parvient à consoler et contenter celui qui le produit, fût-ce dans la souffrance. » (1)

Cependant, pour faire échec à Voltaire, on se souvint... un peu tard, de Crébillon. Il avait alors quatre-vingt-huit ans. Madame de Pompadour obtient, pour lui, une pension du Roi et le poète vint remercier la favorite ; elle était au lit : « Faites entrer le génie en cheveux blancs » dit-elle. Il s'avance ému, exprime sa gratitude et pour mieux marquer sa reconnaissance, veut baiser la main de la belle Marquise. Le Roi entre soudain. « Ah ! Madame, le Roi nous a surpris, nous sommes perdus ! » Ce fut un rire général, et qui décida de la vogue du poète, bien plus que ses tragédies.

Le Roi lui demanda : « Vous avez plus de quatre-vingts ans, je crois ? — Non, Sire, c'est mon extrait baptistaire qui les a... »

Louis XV le nomma censeur royal ; Crébillon, put alors prendre, pour surveiller son intérieur si bohême, une servante, aussi vieille que lui, et aussi fantasque. C'était elle qui faisait au poète la lecture des ouvrages soumis à son approbation. Elle avait soin d'appuyer sur les passages qu'elle croyait devoir être censurés, et souvent le vieillard se disputait avec sa gouvernante

(1) Colette Yver. *Les Chômeuses (Gaulois)*.

quand ils se trouvaient avoir des opinions différentes. On raconte qu'un jour, un auteur vint chercher son manuscrit : « Revenez une autre fois, dit-elle, nous n'avons pas eu le temps de parcourir votre ouvrage. »

Mais ces honneurs venaient trop tard, le vieux tragique mourut peu après. On voulut élever un superbe mausolée au « *premier poète du siècle* » après l'avoir laissé sans secours, la majeure partie de sa vie !... Voilà bien l'Humanité ! et dire que ces expériences ne servent pas pour les lutteurs qui suivent !... C'est lorsqu'ils seront rigides et glacés dans leur cercueil que l'on s'apercevra de ce qui aurait pu et dû être fait pour leur éviter bien des soucis et souvent même des larmes... On s'est attendri sur un Gilbert ou sur Hégésippe Moreau et l'on recommence hier pour Léon Daubel, échoué sur les dalles de la Morgue, sans qu'aucun « *littérateur officiel* » n'ait envoyé des fleurs, sauf Fernand Gregh.

Disons, maintenant quelques mots sur son fils. Il fut aussi original que son père, et sa vie pareillement mouvementée. Mais, au lieu d'être tragique, triste et solitaire, il fut plus que gai, et vécut dans les plaisirs sans fin. Du reste, lui-même disait : « Mon père vécut comme un Socrate, et moi comme un Alcibiade. » Son esprit par trop léger, lui attira une répartie très spirituelle de l'abbé Boudot. (Il faut dire que Crébillon fils taquinait continuellement le pauvre abbé). Celui-ci, importuné, dit à Crébillon, (qui était fort grand) : « Tais-toi, ton père était un grand homme, et toi, tu n'es qu'un grand garçon. »

Ce grand garçon mourut plusieurs fois... cela vous étonne ? voyez plutôt : Les journaux annoncent sa mort en 1770, mais on le voit en 1776 chez Madame Geoffrin... de nouveau, on trouve sur lui un article mortuaire en 1777, mais il sauva sa femme en 1793. Du reste son *extrait* mortuaire, seule preuve exacte de la mort, n'a été trouvé nulle part. Serait-il encore vivant ?... (1)

L'histoire de son mariage n'est pas moins extraordinaire. Crébillon fils était chez lui ; on sonne, le valet introduit une femme élégante ; Crébillon se rend au salon : « Puis-je savoir ce qui me vaut l'honneur de votre visite, Madame ? — Mon Dieu, rien de plus simple, je viens en toute hâte de Londres, vous offrir ma main ! » (2) C'était la fille aînée de Milord Strafford, une des plus nobles, des plus jolies et des plus riches héritières de l'Angleterre.

Cependant, Crébillon, s'étonne : « Comment !..

(1) Cité par Goncourt et Houssaye.
(2) *Idem*.

je ne comprends pas... » — Mais si... libre, majeure, riche, je ne voulais donner ma fortune qu'avec mon cœur, je ne savais à qui, je cherchais ; je lis vos livres, vous me plaisez, je commande mes chevaux, je prends la poste, le bateau et me voilà !... »

Comme on le voit, rien n'était plus simple, en effet !

Le mariage se fit quinze jours après. Il fut très heureux, jusqu'au jour où Crébillon, (exilé précédemment pour des écrits licencieux), fut nommé... censeur royal !... Madame Strafford, jalouse de la Cour qui accaparait maintenant son mari, ou peut-être craignant les dangers et les tentations qui allaient assaillir son époux, disparut un jour avec son fils, et le pauvre Crébillon ne put *jamais* savoir où elle vivait. Il apprit plus tard que sa femme et son enfant étaient morts, mais il ne sut ni où, ni comment. Vous voyez qu'à défaut de génie, il eut une existence peu banale, et qu'il eût été dommage de ne pas rappeler ces anecdotes.

Dans un des plus jolis coins du Dijonnais, près de Chambertin, s'élève la merveilleuse habitation de Monsieur Stephen Liégeard, le patriote lorrain bien connu, un écrivain aussi, président de la *Société Nationale d'encouragement au Bien*. Or, cette demeure, (Brochon), est précisément construite sur les ruines du vieux

manoir délabré des Crébillon. Rien ne reste
de l'antique demeure détruite par le temps ; et
cependant flotte dans l'air, le souvenir indes-
tructible que laissent après eux les grands
Hommes qui ne sont plus...

———

BIBLIOGRAPHIE : Journaux du temps : *Mercure,
Gazette, Lettres récréatives, Galerie des Dames françaises,
Le vieux Cordelier, La Quotidienne, Le vieux Tribun, La
Bouche de fer, Le Messager du soir, Le Grondeur,
Chronique de Paris, Tableau de Paris* (Mercier),
*République des lettres, Toilette de Vénus, Le Miroir,
L'Accusateur Public, Courrier de Paris, Tableaux des
Prisons de Paris, Le Babillard, Nouvelles Politiques,
Journal de la Cour et de la Ville,* etc., etc., etc.
Mémoires : Ange Pitou, Aussonne, Mˡˡᵉ de La
Fayette, Mᵐᵉ d'Epinay, de Genlis, Bachaumont, Bezen-
val, etc.
Correspondance : Baron Grimm, Voltaire, etc.
Etudes sur le XVIIIᵉ *siècle* : Baron de Batz, P. de
Nolhac, de Reiset, Goncourt, Houssaye, Docteur
Cabanès, Franklin, etc., etc.

CHAPITRE VI

La Société sous la Révolution

> Ici nous eûmes le délicieux régal
> de la voix idéalement pure et mé-
> lodieuse de Mlle Suzanne Touraine,
> qui enleva les suffrages de tous les
> dilettantes.

MESDAMES,

MESDEMOISELLES,

MESSIEURS,

Avant d'écouter les détails de cette terrible
page de notre histoire, il faut nous remémorer
la fameuse description que La Bruyère faisait
des paysans de 1700 : « Ces animaux, grattant
la terre pour déterrer de l'herbe et s'en repaître...
ce sont des hommes... » Le blâme datait donc
de fort loin et, dans tout le cours du siècle, des
paroles, des allusions échappées de ci de là, prou-
vaient la clairvoyance des gens.

D'Ibagnet, concierge du Palais-Royal, conduisait son maître jusqu'à la porte d'une des salles

où se déroulaient les scènes les plus scabreuses. Le Régent, souriant, lui proposa d'entrer. « Monsieur, je ne vais point en mauvaise « compagnie, et je suis bien fâché de vous y « voir », répondit-il.

A force de voir s'étaler le vice, le peuple commençait à penser comme la comtesse de Sabran. Elle contait, en effet, un jour, à une réception du Régent : « Dieu, après avoir créé l'homme, prit un reste de boue dont il fit l'âme des princes et des laquais. » Le duc d'Orléans se prit à rire de la boutade. Quelques jours après, le curé d'une église voisine fit un sermon des plus violents en s'appuyant sur le texte de la comtesse. « De quoi se mêle-t-il ? dit le Régent, je ne suis pas de sa paroisse. »

Blâme encore dans la réponse de Madame de Chabannes à laquelle Louis XV contait que le roi de Danemark avait un ministre des finances excellent : « Sire, vous devriez bien débaucher ce ministre-là ! »

Blâme toujours dans le conseil du maréchal de Noailles : « Sire, je ne m'y connais point en finance, mais je vais me permettre de vous donner un avis : faites afficher que vous allez faire pendre le chancelier Maupeou en plaine des Sablons et que chacun puisse aller le voir moyennant un écu ; je vous promets une belle recette. »

Blâme enfin, même parmi les directement intéressés ; en effet, un jour le monarque demandant à l'abbé Terray ce qu'il pensait des fêtes de Versailles, celui-ci répondit vivement : « Ah ! Sire, elles sont *impayables*... »

Mais les leçons ne portaient guère. Il était loin le retour de Louis XV venant de Metz, acclamé par les Parisiens, et où un seigneur, touché de l'amour de ce peuple pour leur roi, jeta l'argent à pleines mains... sans que personne ne se baissât pour le ramasser tant on était occupé à regarder le *Bien-Aimé*.

Le métier de courtisan était devenu fort difficile entre les théories égalitaires qui germaient, et l'habitude, (voire même l'obligation), d'aduler les grands, pour en obtenir subside et pension, ou plus simplement pour éviter la disgrâce et la lettre de cachet. Diderot s'emportait contre les flatteurs, un soir, à l'un des soupers de l'Ermitage, chez Catherine de Russie : « Il faudrait un enfer exprès pour eux ! » s'écria-t-il. Catherine, l'interrompant, lui demanda ce que l'on pensait à Paris de la mort du dernier czar, (sa victime). Diderot interdit, balbutie : « Raisons d'Etat..., nécessités politiques... — Prenez garde, dit froidement l'Impératrice, vous prenez tout au moins le chemin du Purgatoire. »

Malgré la masse qui pousse vers l'éclosion des idées nouvelles, il faut bien dire aussi que cette vieille société est trop lente à s'ébranler. Corvisart, premier docteur du temps, garda la robe de docteur, mais fut un des premiers à porter les cheveux courts, dits *à la Titus*. Or, Madame Necker, fondant un hôpital, *n'osa pas* y mettre Corvisart, parce qu'il n'avait pas la grande perruque doctorale !...

Cette réserve, ce regret d'abandonner, (même dans les détails insignifiants), les anciens usages, le peuple le sent bien, le voit bien... Il s'en froisse, il en garde rancune, préparant d'obscures vengeances ; tout cela s'accumule, laisse une trace ineffaçable, et l'on a beau revenir à la simplicité, beau chercher à endiguer le flot grondant, c'est trop tard. On ne veut pas remarquer les grands seigneurs arborant des étuis de montre en cuivre pour abandonner l'or à la Nation, ni les élégantes vendant leurs diamants pour ne porter que des bijoux rustiques : simples médaillons d'acier suspendus par un cordon de soie. (1) Quelques grandes dames, toutefois, ne veulent pas voir le danger ; elles persiflent le nouveau genre. Par dérision, la maréchale de Luxembourg envoie à sa petite-fille, (la duchesse de Lauzun), un tablier en toile d'emballage, garni d'une superbe dentelle ! ! (2)

(1) de Goncourt.
(2) *Idem.*

Le bizarre, c'est que les nobles furent tout d'abord engoués de la Révolution. La gloire de nos snobs de 1789 est de pouvoir dire, en entrant dans le boudoir parfumé : « Je viens du Club de la Révolution. »—Puis, quand ils s'aperçoivent de la marche des événements, ils comprennent et reviennent aux idées de l'ancien régime. Seulement, au lieu de le défendre comme il l'eût fallu, ils s'égarent dans des taquineries et des fanfaronnades de potaches, jouant inutilement leur tête. Pour montrer leur dédain de la Révolution, tantôt ils arborent des gilets à fleurs de lys ; tantôt, au cercle, ils jettent sur la table des dominos formant, une fois réunis, la phrase séditieuse : « Vivent le Roi, la Reine et le Dauphin. » Leurs cocardes tricolores sont agencées de telle sorte qu'elles deviennent blanches au gré des imprudents. Assemblés dans un café, l'un d'eux monte sur une chaise, regarde du côté de Coblentz, faisant abat-jour de sa main, et s'écrie : « Hélas ! ils ne viennent point encore ! » Et tous les autres redisent en chœur : « Hélas ! Hélas ! »... Cette petite plaisanterie se répétait tous les jours. Au bal, les femmes mettent, sur leur peau satinée, une cocarde blanche.

Mais pendant que les nobles émigrent ou s'usent en escarmouches, les républicains pensent et agissent. Leur plus sérieux adversaire, c'est le Clergé tout entier : prêtres, vicaires, évêques, habitués à l'éloquence, à la dialectique ; ce sont eux seuls qui défendent le terrain et opposent l'onction de leur parole, à la violence des rhéteurs. Il fut vaincu, mais à l'heure du renoncement, le Clergé sut encore donner de beaux exemples, de ces exemples qui frappent les âmes et les émeuvent. Ainsi le curé de Saint-Étienne, passant quarante nuits, en hiver, couché sur les dalles de l'église ; (1) ou bien le doyen de Sainte-Marguerite qui, (au moment où l'on contraignait les prêtres au serment civique), monte en chaire : « Que m'ôtera-t-on ? « ma Cure ? C'est vous qu'on dépouille, puisque « tout ce que j'ai vous appartient. La vie ? J'ai « quatre-vingt-deux ans, et ce qui me reste à vivre « ne vaut pas la peine de sacrifier mes principes. » Le beau vieillard descend, traverse la foule émue et va se réfugier dans une pauvre et humble chambre garnie. (2)

Détail étrange : lorsqu'il y avait pénurie d'enfants de chœur ou de bedeaux, c'étaient des soldats-citoyens qui venaient les remplacer et chanter les louanges de Dieu !... Car nous ne sommes qu'au début de la Révolution. Ce n'est pas encore l'apothéose de la déesse Raison, (ou

---

(1) Cité par Goncourt.
(2) Cité par Goncourt.

plutôt de la déesse Folie), qui gouvernera la
France pendant un instant ; mais l'exaltation
des esprits faisait déjà soupçonner les excès
auxquels on allait arriver. Quelqu'un demande
un jour à l'abbé Maury : « Pourquoi détestez-
vous tant la Révolution ? » Il répondit : « J'ai
vu l'homme fort méchant pris un à un, je
n'augure rien de bon, d'eux, pris en masse. »
Et Grimm peut écrire, vers cette époque : « La
France n'est plus une jolie terre de petits scan-
dales, mais un vilain pays de gros événements. »

Notez que la classe montante, le manant
arrivé au haut de l'échelle, écrasera fièrement
le passant, tout comme l'aristocrate qu'il mau-
dissait jadis. Tel besogneux d'hier, se procure,
dès qu'il le peut, chevaux ou voiture. Car il faut
bien s'avouer que la Révolution n'a point
changé les habitudes, (qui sont humaines) ; elle
a simplement mis une classe à la place d'une
autre...

Seulement, ceux qui n'ont pas encore bénéficié
du changement grondent... telles le prouvent
ces paroles, (adressées à Bailly, je crois) :
« Songe que nous te donnons soixante mille
livres, non pour faire ce que *tu* voudras, mais
ce que *nous* voudrons... Sinon, la lanterne ! »
Madame Bailly s'était, en effet, empressée
d'acheter dentelles et vaisselle plate, tout
comme une vulgaire marquise de l'ex-Cour !...

Ce qui fit la Révolution, c'est le Peuple. Il y avait des hommes dont le métier n'était que de rouler l'émeute de quartier en quartier, en poussant des cris de mort. Les nobles ou riches industriels étant partis, voilà des centaines de gens sur le pavé. Or, ces ouvriers sans travail, ces laquais sans place, grossissaient chaque jour le flot haineux et six mille hommes suffisaient à terroriser trente-huit millions d'honnêtes gens. Ce sont eux qui parcourent la ville, vendant les journaux, clamant les nouvelles, faisant scandale devant telle ou telle demeure, hurlant la mort, suspendant le malheureux passant à la lanterne et laissant là le corps se balancer lugubrement, s'en vont plus loin rééditer la même révolte. « Alors chacun ferme sa boutique, « tire ses volets, barricade sa porte... On trem- « ble... les bruits s'éloignent, les cris s'apaisent, « le danger est passé... mais demain, il renaî- « tra... et ceci, pendant des mois. » En dehors des passages de ces bandes avinées, la ville est muette, triste... « Je n'ai pas reconnu Paris, « écrit F. de Montégut, membre du Parlement « de Toulouse ; quoiqu'un jour de décadi, j'ay « trouvé les rues désertes ; il règne partout un « morne silence. » (1) Et l'on ne sait ce qui épouvante le plus : ou ce « morne silence »,

_____

(1) Baron de Batz. *Vers l'Echafaud.*

ou le bruit terrifiant de l'émeute qui approche...
Tout ceci n'empêche pas la *Gazette de France*
de dire le plus sérieusement du monde : « Paris
« est *parfaitement* tranquille, et le sera pourvu
« que Louis soit condamné ; car s'il ne l'était
« point, la municipalité ne répondrait de
« rien. »

La discrétion de cette horde est telle qu'un
directeur de théâtre est obligé de placarder une
affiche ainsi conçue : « Vous êtes priés, Messieurs, d'ôter vos bonnets et de ne pas faire
vos ordures dans les loges. »

Cet état de choses n'était pas spécial à la
Ville-Lumière ; la France entière était livrée à
l'anarchie ; plus de routes carossables, vingt-
trois courriers volés et assassinés ; plus de travaux des champs, partant plus de blé ! Et la
terrible famine vint à pas rapides. Il arrive que
l'on regrette... l'abbé Terray !... Un homme est
trouvé rigide, avec, dans sa bouche, un peu
de l'herbe qu'il avait dévorée pour essayer
d'apaiser sa faim !

Et c'est pourquoi l'on peut assurer que la
Terreur, c'est la conséquence de la famine ; c'est
le cri du ventre et des entrailles tordues de
douleur ; c'est le résultat de la disette, des sta-
tions obligatoires aux portes des boulangeries,
où les hommes perdent leur journée de travail,
le prix et le goût de ce travail. Que fait-on, en

effet, durant les longues heures d'attente ?
Pérorer et s'exciter !...

Autre point : constatons la risible conséquence du fanatisme : la Convention trouve
un million cinq cent mille livres pour faire
gratter les écussons, les bas-reliefs, les armoiries, mais elle n'a pas un centime pour donner
du pain à ces affamés ! !... On publie cependant
dans les journaux du temps : « Nous nous éton-
« nons que le peuple murmure contre la rareté
« du pain, alors que nous recevons de *si bonnes*
« *nouvelles* de Meaux, Melun, etc., concernant
« les chargements de farine qui vont arriver
« incessamment... » Mais toutes ces belles promesses ne calment pas les appétits, et le plus
mauvais blé noir ferait mieux leur affaire. Ici
quinze cents enfants meurent dans un hôpital
faute de pain.

Aussi le peuple devient-il de plus en plus
irritable. Il prend l'habitude de s'immiscer dans
les affaires publiques, de trancher les questions
de vie et de mort ; et il faut bien peu de chose
pour s'attirer sa haine. Quelques jours avant
le 10 août, le jardin des Tuileries fut interdit
aux promeneurs, sous peine de mort. Un jeune
homme distrait, ou ignorant le décret, descend
au jardin. Appels furieux de la foule, menace
de la lanterne ; déjà on apprête la corde... A
l'instant, le jeune homme ôte ses souliers, tire

son mouchoir, essuie le sable royal qui avait, par malheur, touché ses semelles. Ce geste ultra-républicain, provoque l'enthousiasme et les bravos : l'homme est sauvé. (1)

La multitude en voulait beaucoup aux mou-'chards. Il suffisait d'un M marqué subrepticement sur une épaule pour que l'innocent porteur de la marque fatale fût écharpé par les forcenés. (2) Songez donc ! Avait-on le temps de vérifier l'exactitude des faits ? Non !... la mort, d'abord... on verra ensuite...

Quelques meneurs suffisaient donc à entraîner les foules exaspérées vers les expéditions sauvages : prise de la Bastille, envahissement des Tuileries ou massacres de Septembre. Puisque le mot Bastille vient dans ce récit, sait-on ce que l'on trouva au fond des plus noirs cachots de la forteresse ?... une édition complète de l'*Encyclopédie*, retenue avec des chaînes depuis vingt-cinq ans.

Latude, (dont le nom est inséparable de celui de la Bastille), reçut en don, la main de bronze de la statue de Louis XV ; la Nation, par ce présent, voulait sans doute lui faire oublier ses longues années de prison, et certes, Latude était à plaindre ; mais qui donc parla de ce malheu-

(1) Anecdote Celinart.
(2) Cité par Goncourt.

reux dont l'emprisonnement prit fin quand le Régent décréta une amnistie générale à la mort de Louis XIV ?

Il avait été arrêté le jour même de son arrivée d'Italie à Paris, et maintenu à la Bastille pendant trente-cinq ans. Retenu prisonnier pourquoi ? *Personne* ne le savait, pas même le direct intéressé. On ne le sut jamais, on ne le saura jamais, car il ne fut jamais interrogé... Simple oubli, sans doute ! ! Quand le gouverneur lui annonça qu'on lui rendait sa liberté, il demanda avec juste raison « *ce qu'on voulait qu'il en fît* ». Vieilli, idiotisé par trente-cinq ans de cellule, sans argent, sans ami à Paris, ses parents morts probablement, (et le partage de ses biens fait, sans doute, puisqu'il n'avait pu faire savoir où il était)... enfin, bref, seul au monde... ne sachant où aller, ce malheureux isolé *supplia* qu'on voulût bien le garder en prison ! !...

Après le 14 juillet, on vendit les matériaux de démolition de la fameuse forteresse. « La livre de pierres de la Bastille se vendait aussi cher que la livre de viande » (ainsi le dit la *Chronique de Paris*, 1790). De ces pierres on faisait des bonbonnières, des carnets, des encriers, de petits châteaux, etc... C'était évidemment une profession qui pouvait, à la rigueur, remplacer les métiers de luxe abolis, (doreurs, graveurs, plumassiers, miroitiers, éventaillistes), mais ce n'était qu'un emploi momentané... et après ? Car la Révolution avait désorganisé entièrement nos fabrications nationales ; beaucoup d'ouvriers étaient partis à l'étranger, emportant les secrets de nos productions artistiques, et la France revivait les tristes années qui suivirent la révocation de l'Edit de Nantes ! Ceux qui ne pouvaient partir augmentaient le nombre des indigents recueillis par les asiles de charité, et les acceptations montèrent de deux mille à dix-huit mille personnes ! Dans les hôpitaux, on utilise des chemises trouées au côté gauche... dépouilles d'infortunés suspects, tués à coups de piques, dans les différents massacres... (1) Et l'hiver qui vient... Où sont donc les seigneurs qui, jadis, faisaient allumer des feux devant leur hôtel, afin que les « porte- « faix, savoyards, cochers de fiacres et tous les « malheureux puissent s'y chauffer à loisir. » Quelques-uns prennent cette débâcle patriotiquement, sinon philosophiquement : « Si cela continue, je suis ruiné, mais j'aurai plus de temps à donner à la milice ! » (2)

Outre le commerce, la Révolution détruisit le foyer. D'abord plus de réunion, cela a l'air d'une conspiration contre la République ; plus

(1) Ange Pitou.
(2) *Journal de la Cour et de la Ville.*

de cercle intime autour de la lampe ; sait-on si celui qui sourit aujourd'hui ne sera pas le délateur de demain ? On est à la merci de la dénonciation anonyme d'un concierge ou d'un fournisseur mécontent, comme cela se passa au moment de la Commune. Grimm écrit : « Les « gens qui restèrent en France me firent insinuer « qu'une seule lettre de ma part, à leur adresse, « quel qu'en fût le contenu, leur coûterait « infailliblement la tête. »

Les feuilles publiques se lisent au café, et il y a toujours un feu prêt pour brûler les journaux dont les articles déplaisent. Le peuple s'est installé dans la rue ; on y dresse la table sur le trottoir, on y mange (1) sans crainte d'être gêné par la circulation, puisque les équipages sont supprimés. Des groupes vont de table en table, buvant à toutes, et ivres dès la cinquième rue. Alors on entre chez les particuliers, sous prétexte de perquisitions ; on lance le mot « suspect » sur telle ou telle personne, et... c'est la Mort. On inscrit la devise : « Unité, indivisibilité de la République », « Liberté, Egalité, Fraternité » jusques au Jardin des Plantes ; et si les animaux avaient pu lire, ils auraient sans doute bien ri de ce *Liberté* mis au-dessus de leur cage !

_____

(1) Cité par Goncourt.

Toutes ces manifestations étaient accompagnées, bien entendu, par le chant *Çà ira*. A ce propos, sait-on que ce mot vient du célèbre Franklin ? Lors de son passage en France, on lui demandait souvent ce que devenait la Révolution Américaine. Il répondait machinalement : « Ça ira, ça ira », sans se douter que sa parole deviendrait un refrain si célèbre !

Grâce à ces violences, il n'est guère étonnant que nos Jacobins n'aient pas été en odeur de sainteté à l'étranger. On redoute la contagion de l'exemple ; à Vienne, les mesures les plus sévères sont prises : « Les Français sont obligés « de sortir de la ville ou de décliner immédiate- « ment leurs noms, qualités, motif de séjour, etc. « Cela en peu de temps, sous prétexte d'un nou- « veau Club fondé dans cette ville et jugé très « dangereux. » En Angleterre, même effervescence à propos de la discussion du bill contre les Jacobins. Ceci fut même un excellent prétexte pour un geste théâtral de Burke qui, au milieu de la discussion, jeta sur le parquet un poignard sur lequel étaient gravés ces mots : « *Point de rois !...* » « — Voilà, s'exclama-t-il au milieu du tumulte, les instruments qui sont à leur usage ; ils ont juré la perte de l'espèce humaine. » Du reste, malgré le farouche révolutionnaire anglais, le bill fut adopté.

Notre Assemblée n'était pas ennemie de ces

manifestations étrangères. A la barre de la
Convention, défilaient les patriotes apportant les
félicitations, les demandes ou les réclamations
les plus hétéroclites, et, dans cette confusion,
les choses touchantes deviennent parfois risibles.
Après Mademoiselle Le Pelletier Saint-Fargeau,
venant remercier la Nation des funérailles faites
à son père, une citoyenne, (ayant tracé un plan
d'éducation républicaine pour jeunes filles sans
fortune), vient soumettre son projet à l'approbation générale. Au milieu d'une discussion
financière des plus sérieuses, Laya, auteur de
l'*Ami des lois*, paraît à la barre, interrompt la
polémique, prend la Convention à témoin des
ennuis suscités par l'humeur irascible des spectateurs et demande justice. Bailly lui-même
accourt, et, comme les gouvernants semblent
hésiter à laisser les choses sérieuses pour s'occuper de ces vétilles, le public, impatient, force
par ses cris les Conventionnels à discuter si oui
ou non on doit interdire la pièce ! A peine
l'incident a-t-il pris fin, qu'un vieillard, incapable
de servir, vient offrir son uniforme à la patrie.
Il faut de nouveau s'interrompre et voter une
mention honorable. Puis c'est Roland dénon-
çant le vol du garde-meuble, et l'escalade de
maisons particulières, par des individus qui
prennent le nom de « *Commissaires*, simples
« agitateurs, semant les bonnes ou les mauvaises

« nouvelles, suivant que les unes ou les autres « peuvent exciter des mouvements populaires. » Ici, ce sont des gens qui viennent accuser l'assemblée de vouloir donner la couronne de France à Brunswick ou au duc d'York !... Ou bien encore accuser les royalistes de « faire creuser un canal de Saint-Cloud à la frontière, par où la famille Capet s'en ira ! !... »

Ces interruptions étaient si fréquentes et pour la plupart si grotesques, que la *Gazette* est forcée de constater : « Malgré l'effort d'une « grande partie des membres pour conserver « à la Convention, la dignité qui lui convient, « le désordre arrive à son comble, et les mou- « vements des tribunes ajoutent à cette scène « affligeante. » Comment, au milieu de pareilles agitations, l'assemblée a-t-elle pu élaborer les lois dont nous bénéficions aujourd'hui ? Et cela devait être stupéfiant au milieu de ce désordre indescriptible, d'entendre la lecture d'une lettre de Santerre, annonçant, (comme tout à l'heure la *Gazette*), que « Paris est dans la plus parfaite tranquillité ! »

Voyons donc ce qui se passait sous ce semblant de calme. Il est à remarquer d'abord que tout se faisait « au nom du peuple. » Le dernier billet de Robespierre contient ces mots : « Le peuple tout entier est levé, ce serait le trahir... » etc... Mais ces beaux sentiments sont une vaste duperie ; à la vérité, comme le fait spirituellement remarquer Maurice Donnay, « les bourgeois de 89 ont fait la Révolution au nom du peuple... mais, en réalité, pour eux ! » (1) De plus cette prétendue ère de liberté, débuta par les mesures tyraniques, inconnues même sous le plus absolu monarque.

Par exemple, au début 1789-93, les carrosses étaient confisqués, les fiacres seuls avaient droit de passage, comme étant d'allure suffisamment démocratique. Mais, si votre audace allait jusqu'à posséder un laquais, on faisait arrêter l'équipage, asseoir le maître à la place du valet, et vice-versa. Combien de nos élégantes reviendraient dans leur vrai milieu si l'on faisait ce chassé-croisé aujourd'hui ! Sans doute aussi, en vertu de cette liberté, on proposa cette mention : « Les spectateurs auraient le droit d'être « munis de fusils. Quand les bravos déplairont « à un parti, il fusillera l'autre ; après quoi, on « dira froidement : Continuez la pièce ! » Telle pendule est confisquée, parce que ses pointes terminées en trèfle ressemblent un peu à des fleurs de lys. Aussi chacun, affolé détruit lui-même tout ce qui pourrait servir de prétexte à le rendre suspect. Dieu n'est point à l'abri de ces lois libertaires : Comme il doit être Libre

---

(1) *Les Eclaireuses.*

« on interdit de fermer la porte du tabernacle. »
Les statues n'échappent pas à la tyrannie :
dans les mains de la Vierge, on met des piques
pour la transformer en déesse Raison.

La Fayette, (dont une femme d'esprit disait
qu'il était comme « l'arc-en-ciel multicolore,
mais n'arrivant prudemment qu'après l'orage »),
La Fayette, dis-je, ce dieu du jour, n'échappait
point aux soupçons. La Roche Tarpéienne est
près du Capitole... et, lors de sa disgrâce, des
affiches furent placardées, engageant le peuple
à massacrer tous les députés ayant voté pour
La Fayette. Bien avant cette époque, il avait
déjà attiré sur lui les foudres républicaines, et
son cheval blanc paraissant trop royaliste, il
fut sérieusement question de le *peindre* (?)
« aux trois couleurs !... »

Tout était rayé bleu, blanc, rouge ; les costumes des femmes, les écharpes légères, les
gilets des hommes, les rideaux des théâtres, les
fonds des loges et même... les draps mortuaires !..
L'humble parapluie, (appelé Rifflard depuis le
rôle ridicule dans lequel un acteur paraissait
en scène armé d'un énorme parapluie), l'humble
parapluie fut blanc en 1788, vert en 1789, rouge
en 1791 et bleu en 1801. Beau champ d'études
sur les fluctuations de sentiments politiques !...

La haine du mot royal alla si loin qu'on

12

changea les enseignes : *Au Bœuf Couronné.* **Plus** de gâteau des *Rois*; plus du qualificatif : *Roi,* en renommant les cartes, on les baptise du nom élégant de *Pouvoirs Exécutifs,* ou encore *Veto,* ou bien *Tyran.* Les naturalistes même, furent contraints de troquer le nom de *reine-abeille* en abeille pondeuse. Et les citoyens ayant le malheur de s'appeler Le Roy ou Le Noble, sont forcés de modifier immédiatement leur état civil.

On connaît l'histoire de Monsieur de Saint-Janvier : « Votre nom ? — Monsieur de... — Il n'y a plus de *de*. — Saint... — Il n'y a plus de Saint. — ... Janvier. — Il n'y a plus de Janvier...» Et on l'inscrit d'office sous le nom de Monsieur *Nivôse* !... Ou bien encore l'interrogatoire du marquis de Saint-Cyr : « Marquis de... — Il n'y a plus de marquis. — Saint. — Il n'y a plus de Saint. — ... Cyr... — Il n'y a plus de Sire. — Alors, je n'ai plus de nom ! »

On désanoblit les contes de fées, et Perrault dut se féliciter d'avoir eu l'heureuse inspiration de vivre en des temps moins troublés. Racine n'est pas plus épargné. Agamemnon, Iphigénie, etc... furent déchus de leurs titres de princes et princesses ; comme si leurs célèbres malheurs n'accablaient pas suffisamment leur mémoire. Mieux encore : lors d'une représentation de Corneille, un spectateur peu lettré, choqué par quelques paroles à la louange des rois, s'exclama furieux : « *A la lanterne ! l'auteur !* »

C'était la liberté !

Par liberté aussi, sans doute, la ruse employée par ce cuisinier de Mesdames de France, faisant avaler à deux prêtres, le serment civique en deux billets enfermés dans des pâtés. Liberté la défense d'échanger des compliments du Jour de l'An, « comme rappelant les pratiques d'un régime détesté », défense qui fut faite sous *peine de mort*, bien entendu. On alla jusqu'à décacheter les lettres pour s'assurer de l'obéissance au décret ! Liberté, le refus de laisser souhaiter la fête de Charlemagne (pauvre homme) ! « Quoi, s'écrie-t-on dans une « feuille du jour, fêter Charlemagne ? Ce tyran « qui fit tuer tant de millions d'hommes et qui « est soupçonné d'avoir fait assassiner son frère « pour régner à sa place ? enfin qui répudie ses « femmes pour épouser ses maîtresses ! » On le voit, rien n'échappe à l'œil de lynx du patriote de 1793 !...

Liberté encore, cette menace tombant des tribunes : « On devrait rougir d'avoir deux habits, quand certains n'en ont qu'un ! » Or, chacun tremble et vend le deuxième habit. Ainsi, le conventionnel Lebon écrit à un ami : « Ma mère voulut me faire cadeau d'un habit « très fin, une veste de soie, une culotte de

« même étoffe. Voici dix nuits que je ne dors
« pas à cause de ce malheureux habillement ! »

Liberté encore, cette colère du Peuple voulant démolir une maison parce qu'on y avait
donné un bal, quelques jours après la mort de
Mirabeau ! Il fallait si peu de chose, pour être
condamné à mort !... Là, une dame mettant à la
porte sa cuisinière, (qui avait omis de préparer
le repas, pour aller voir fonctionner la guillotine), se voit dénoncée par la fille, arrêtée
comme anti-patriote et incarcérée. (1) Ici,
c'est Mademoiselle Boquet, qui avait été nom-
mée, par Marie-Antoinette, gardienne de la
Muette. Une parente de Mademoiselle Boquet
maria sa fille dans la chapelle du Château ; elles
furent toutes condamnées à mort « pour avoir
brûlé les cierges de la Nation. » Tel autre
passant est massacré parce qu'il portait une
canne *ressemblant* à celle de Monsieur d'Angre-
mont, émigré récemment guillotiné !...

Monsieur de M... allait de Versailles à Paris,
seul dans une voiture à quatre places. Il était
en négligé du matin, et en pantoufles. On
l'arrête sous un prétexte futile, et on le traîne
devant le Comité. « Où alliez-vous ? — A Paris...
— Pourquoi ? — Faire des achats. — Mais vous
êtes en pantoufles ? — En effet, c'est une habi-

(1) Cité par Goncourt.

tude quand je suis seul. — On ne va pas en pantoufles à Paris. — Cependant, elles me tiennent plus chaud aux pieds... » Toute cette défense est superflue, Monsieur de M... est convaincu d'être suspect, on l'écroue et le livret porte : « suspect parce qu'il voyageait en pantoufles, et seul dans une voiture à quatre places ! »

Un autre jour c'est une musique militaire qui, à l'issue d'une cérémonie, joue des airs proscrits, tels ceux de *Richard Cœur de Lion*. Elle n'a point cependant joué l'air trop fameux : « O Richard, ô mon Roi » mais le colonel est mis aux arrêts, et le chef de musique au cachot.

La Convention avait décrété, en 1794, que les marchands devaient, (sous peine de mort, toujours), écrire sur leur porte, la nature, la quantité et la qualité des marchandises contenues dans leur magasin. Un commerçant, obligé de faire une absence, confie ce soin à son fils qui, soit ignorance, oubli ou négligence, omet d'afficher la fameuse liste. A son retour le marchand est arrêté et condamné à mort. Des amis influents informent la Convention des circonstances exactes du crime, et l'assemblée, (juste quand les réclamations parvenaient jusqu'à elle, ce qui était rare), envoie contre-ordre de mort. Dans la crainte que le billet de vie n'arrive trop tard, elle dépêche de tous côtés officiers et députés. L'un des envoyés, en sortant des Tuileries, voit

l'échafaud dressé ; il court... mais il est à peine
au premier arbre que le fatal couteau descend...
Il court plus vite encore : la première tête
tombe, puis une deuxième, une troisième. Hors
d'haleine, le sauveur arrive à l'échafaud ; il ne
peut parler tant il est essoufflé ; il fait signe au
bourreau, les cris de « grâce » se font entendre ;
la quatrième victime, liée déjà, relève la tête...
la joie de vivre éclaire son visage... On demande
son nom... Fatale espérance : « Hélas, ce n'est
pas vous !... » Quelle minute pour le malheureux !... On le rattache sur le billot... le couteau
glisse... C'en est fait.

Le marchand, cherché en vain sur l'échafaud,
fut trouvé en prison, le col nu, les cheveux
coupés, prêt à monter dans la charette...

Mais le peuple ne ratifiait pas toujours les
décisions des jurés. Tel ce procureur général
de Bayeux, immolé par la populace, au sortir
du tribunal qui l'avait déclaré innocent ! Tel
encore cet exemple : Le 3 septembre pendant
que l'on égorgeait à l'Abbaye, un ecclésiastique
qui attendait dans un cachot de cette prison,
eut l'idée de laisser son habit, et de se faire un
vêtement de tous les haillons qui se trouvaient
autour de lui. Quand il comparut devant le
tribunal, on lui demanda la cause de sa déten-
tion ; il feignit être un pauvre mendiant et sur
cette réponse, (que son accoutrement rendait

très plausible), il fut élargi. Ivre de joie, il
s'élance dans la rue, regagne son logis et rencontrant deux voisins dont l'un était boucher, il
les serre dans ses bras : « Félicitez-moi, leur dit-il, j'ai échappé au carnage. » Et il raconte son
stratagème. Ces deux scélérats l'écoutent froidement, puis lui disent : « Eh bien, tu ne nous
échapperas pas, à nous ! » Ils égorgèrent le
malheureux au milieu de la rue ! Du reste les
jugements étaient plus que sommaires. Voici
l'interrogatoire fait lors des massacres de septembre. « Les juges, disent les *Nouvelles Poli-*
« *tiques*, apposaient les mains sur la tête des
« prisonniers et disaient : — Croyez-vous que,
« dans votre conscience, nous puissions *élargir*
« Monsieur ? » Elargir cela voulait dire : la
Mort...

A propos de ces fameuses journées, Tallien
écrivait : « Les Commissaires ont fait tout
« ce qu'ils ont pu pour empêcher les désordres,
« mais ils n'ont point calmé la juste (?...) ven-
« geance du peuple ! » Pendant ces tueries,
l'ex-ministre Montmorin se trouvait à la Conciergerie. « Lorsqu'il apprit ce qui se passait
« au dehors, il se jeta sur les meubles de sa
« chambre et les brisa. On a vu une table d'un
« pouce d'épaisseur, mise en pièces, par lui dans
« son accès de désespoir. Un autre se rongea les
« doigts de la main gauche, un autre essaya

« d'arracher avec ses dents les barreaux de la
« fenêtre. » (1) Le plus joli, c'est que le ministre
Montmorin avait été conduit à la Conciergerie
comme dans un asile sûr !...

Le cynisme de certains juges allait jusqu'à
avouer tranquillement leur inique partialité.
Voici un fait : Une jeune personne de dix-huit
ans fut traduite devant le tribunal sous prétexte
que son père avait caché un émigré. Un avocat,
touché de l'infortune de cette jeune personne,
essaie de faire valoir l'innocence de sa protégée.
Il prouve tout ce qu'il avance, met en relief
des faits qui ne souffraient aucune contradiction..
Il croyait avoir gagné sa cause, quand un des
commissaires impatienté, se lève et lui dit :
« Apprenez que parmi nous on ne juge pas sur
des preuves, mais sur des intentions présu-
mées... »

Aussi, ils sont rares, ceux qui échappent à ces
morts systématiquement ordonnées ; et un
Journeau, détenu à l'Abbaye, peut bénir le ciel
de l'avoir protégé... il échappa au sort de ses
camarades, parce que l'Assemblée eut précisément besoin de le citer à sa barre et qu'il eut
l'idée d'épingler sur sa poitrine la bienheureuse
convocation ! (2)

(1) Cité par E. Pottet. *Histoire de la Conciergerie.*
(2) *Nouvelles Politiques.*

M. L... avait été nommé, (bien malgré lui), président de la Société populaire de Villeneuve. Il accepta cependant la place, réfléchissant qu'il valait mieux la voir occupée par un homme modéré plutôt que par un Jacobin. Sur ces entrefaites arrive une colonne républicaine allant punir Lyon. Les soldats, en dressant leurs tentes sur la place, aperçoivent au faîte de l'église, une croix. Ils veulent l'abattre ; mais aux premiers coups de pierre le plâtre tombe et des fleurs de lys apparaissent. C'était une femme du pays qui, à prix d'argent, avait fait recouvrir toute la croix d'une couche uniforme, espérant ainsi sauver les sculptures. La fureur des soldats ne connaît plus de bornes. « Si dans douze heures la croix n'est pas descendue de la flèche du clocher, tu es mort », disent-ils à M. L..., président responsable. M. L..., très aimé dans le pays, voit s'avancer un menuisier : « Il faut seulement deux heures pour te sauver la vie », dit ce brave homme en lui serrant la main. Il monte en effet ; son corps semble vaciller au souffle du vent. M. L... détournait les yeux, ne pouvant voir ce spectacle. Mais les soldats, tout simplement mis en gaîté, s'étaient pris à parier : « Tombera... Tombera pas... » Enfin la croix est détachée ; chacun respire « *ayant senti passer la mort!* »

Houdon échappe au sort commun par un

· hasard inouï. Des forcenés envahissent un jour sa demeure. Il modelait une sainte ; à la vue de la statue, les vociférations redoublent : « Mais comment, s'étonne madame Houdon, vous ne reconnaissez pas la statue de la Philosophie ? Précisément mon mari l'achevait pour l'offrir à la République. » La haine se change en enthousiasme ; on transporte l'œuvre inachevée à la Convention ; on la met à la place d'honneur, où elle trôna, longtemps. On vote des félicitations... l'artiste est sauvé grâce à la présence d'esprit de sa femme !

Mais s'imagine-t-on ces journées passées dans la terreur d'une perquisition, d'une arrestation, d'une condamnation ? Une phrase de Suleau synthétise les angoisses d'alors : « Mon existence « est un miracle perpétuel, moi qu'un réverbère ne « voit jamais, sans un mouvement de convoitise !..»

Ce Suleau, qui se vantait de « *seize quartiers de roture* », s'était tellement dévoué à la cause royaliste qu'un noble lui dit : « Si la Cour ne vous a pas assuré mille louis de pension, vous faites un métier de dupe. » Au reste l'aristocratie pour laquelle il jouait chaque jour sa tête, l'abandonnait, ne pouvant croire à cette chose inouïe : le désintéressement ! Elle le nommait : « Sureau Caméléon ». (1)

(1) Goncourt.

Et quels excellents prétextes de vols, ces anéantissements de famille ! On peut piller à son aise !.. On chante insolemment : « Dans votre République, un pauvre, bêtement, demande au riche ?... Abus ! Dans la mienne, il lui prend : Tout est commun : le vol n'est plus le vol : c'est Justice !... » Les Commandements sont travestis :

> Tout bon Français égorgeras,
> Ou le pendras pareillement.
> Bien d'autrui tu n'envieras
> Mais le prendras ouvertement.

Un conventionnel, Piorry, écrit : « Vous pouvez tout faire, tout casser, tout briser, tout enfermer, tout juger, tout déporter, tout guillotiner... » Douce perspective !

Aussi je vous assure que nul ne se prive : c'est le paradis des voleurs. Une femme, ayant eu un appartement aux Tuileries, n'y retrouva plus rien après le saccage du palais. Elle vint réclamer ses effets ; on la fait entrer dans une salle et un scribe vient prendre sa déposition ; alors elle s'exclame, surprise : « Mais... citoyen, vous avez ma bague à votre doigt ? — Eh bien ! répond l'autre tranquillement, que fait cela ? Estimons votre anneau et je vous le paierai. » Au même instant elle s'écrie, stupéfaite : « Mais voici ma chaîne, et sans doute, aussi, vous avez la montre ? — Cela se peut fort bien, dit l'homme, faites évaluer le tout, nous verrons après... » La pauvre femme, suffoquée, fondit en larmes. (1)

Le vol s'étalait en pleine lumière et en plein Paris. Un jour, deux hommes cambriolent une maison. L'un fait sentinelle pendant que l'autre opère. Le propriétaire arrive, la sentinelle lui refuse l'entrée de son « home », prétextant un ordre du Comité. « Mais allez à la section, dit-il, et l'on vous expliquera. » Comme il ne faisait pas bon, alors, de protester ou d'avoir l'air de négliger un ordre officiel, l'homme court au poste, indiqué. Là, bien entendu, on ne comprend rien à son affaire. Mais comme il se pouvait que des ordres supérieurs eussent été donnés en haut lieu, et que, de plus, un propriétaire est forcément plus suspect qu'un honnête voleur, on envoie notre pauvre héros à la Section principale, pour avoir la clef de cette mesure arbitraire. Tout s'éclaire enfin ; il revient, il est libre ; mais les malandrins avaient fini, emportant les objets les plus précieux.

Soit vol, soit meurtre, soit exécution, émigration, spoliation, séquestration, le tout arrivait aux mêmes conséquences lamentables : l'éparpillement, la disparition, l'anéantissement de

(1) Anecdote Ceilnart.

ces belles collections, de ces ameublements uniques, merveilles de goût et d'art, résultats de plusieurs siècles de raffinement. Tout est jeté à l'encan, dépareillé ou détruit. Les rares choses sauvées sont achetées par l'étranger, et c'est autant de perdu pour nous !

Devant ces désastres, on arrive à considérer comme bienfaiteurs ceux qu'un désir de lucre engagea à ne pas anéantir ces merveilles du goût français. Oui, le vol et la brocante nous portaient moins de préjudice que les actes de vandalisme de la populace, faisant un bûcher de tous les objets d'art trouvés dans les musées, comme cela se fit à Nancy, Verdun, etc. Certains tenaient à ces collections plus qu'à leurs biens, exemple ce gentilhomme voyant son château livré aux flammes par les paysans, et ne gémissant que sur une chose : son édition rarissime de l'*Encyclopédie.*

Mais il faut être juste : si la vieille noblesse avait ses ridicules et ses égoïsmes, si elle avait peut-être trop abusé de ses droits, lorsque vint l'heure de payer son orgueil et sa légèreté, avouons qu'elle sut mourir avec élégance. Il n'y a qu'une Du Barry pour s'abaisser à supplier le bourreau !

Cependant « l'antichambre de la mort », la Conciergerie, n'était guère réjouissante. Voici ce qu'en dit un rapporteur révolutionnaire en

1791 : « De tels cachots suffiraient à la vengeance
« du plus cruel despote. L'homme qui attend
« dans les prisons de la Conciergerie, eût béni
« sur son seuil épouvantable, la main bienfai-
« sante qui lui aurait donné la mort. » (1) Plus
tard, en 1793, un autre rapporteur consigne :
« Dans une pièce, vingt-six hommes couchés sur
« une paillasse, couverts de lambeaux à moitié
« pourris et respirant l'air le plus infect ; dans
« un autre cachot quarante-cinq hommes sur
« dix grabats ; dans un troisième, trente-huit
« moribonds pressés sur neuf couchettes. » (2)
M. F. de Montégut, membre du Parlement de
Toulouse, décrit à sa femme son arrivée dans
les prisons républicaines : « Nous couchâmes
« sur la paille, tout vêtus, quatre sur un même
« lit, pêle-mêle avec trente mauvais sujets. » (3)

Mais l'heure des massacres et de la mort
obscure est passée ; il s'agit maintenant du tré-
pas sur un échafaud, devant des milliers de
spectateurs, et chacun tient à honneur d'y montrer du courage. Aussi, dans les prisons, « on
« fait la répétition de la guillotine, sur une
« planche de lit que l'on renversait ; les moindres
« détails du supplice étaient respectés. Après
« beaucoup d'exécutions, l'accusateur devenait

(1) Cité par E. Pottet.
(2) Cité par E. Pottet.
(3) Baron de Batz.

« à son tour accusé et succombait honteusement.
« Revenant alors, couvert d'un drap de lit, il
« peignait les tortures qu'il endurait aux enfers
« et, s'emparant de ceux qui représentaient ces
« juges sans foi, il les entraînait, avec des cris
« lamentables dans les abîmes. » (1) Cette répétition, du reste, devint inutile quand les bois de justice furent transportés à la barrière du Trône, renversée. Là, par une aimable attention, les prisonniers de Picpus avaient le plaisir d'*entendre*, sans arrêt, de leur cachot, les tristes guillotinades...

Dans ces prisons fort peu confortables, on voit circuler, en attendant leur exécution, des femmes revêtues d'habits élégants, tant la mort suivait vite les ris. Aucun usage galant n'est oublié. Le lieutenant de police, incarcéré, va cérémonieusement porter ses hommages aux ministres récemment arrêtés ; quand il est de retour dans sa cellule, ceux-ci lui rendent la politesse, avec la seule perruque poudrée qu'on ait bien voulu leur laisser (2). Les condamnés envoient leurs compliments à leurs amis. Pour ceux que le décret n'a pas encore visés, ils se réunissent le soir, chacun apportant son siège et sa lumière. Les hommes lisent, les femmes

(1) Riouffe.
(2) Cité par Goncourt.

tricotent ou brodent. S'il y a une fête républicaine, ils se retirent dans leur chambre, en signe
de désapprobation, car, s'ils se résignent à la
mort, ils ne veulent pas feindre un acquiesce-
ment, même partiel, à la République. (1) Les
femmes ne pleurent pas ; elles vont au supplice
en portant fièrement le nom qui les condamne.
La princesse de Saint-Maurice, priée par un gui-
chetier de laisser le bras d'un ami, s'écrie plai-
samment : « Oh ! mon Dieu, ceci ressemble au
Couvent ! »

Chaque matin on regarde bien, tout autour
de soi, ce que l'on ne verra peut-être plus le soir,
tant la vie est courte... Parfois, un cri leur
échappe : « Nous touchons au dénouement ;
« nos incertitudes vont finir ; c'est un état péni-
« ble, mais c'est une grande consolation d'avoir
« une conscience pure et irréprochable. » (2)

Ceux qui restent longtemps en prison imitent
Pellico et Pelisson. Le baron de Trenck, mort
sur les échafauds révolutionnaires, apprivoisa
dans son cachot une petite souris. Elle venait au
moindre commandement. Une nuit le prisonnier
fit beaucoup de tapage dans sa cellule ; on
accourt, on regarde, mais tout est en ordre. On
lui demande : « Pourquoi ce bruit ? » Il raconte

_____

(1) Cité par Goncourt.
(2) Baron de Batz.

qu'il avait perdu sa souris et qu'il l'avait cherchée partout. Alors les guichetiers lui demandent de faire venir son amie. Au premier coup de sifflet elle accourt en effet. Un garde veut la prendre pour la donner à son chef, mais la souris parvient à s'échapper, court vers son maître en lui manifestant une joie extraordinaire. On la pourchasse sans pitié, on parvient à la capturer, on la met dans une cage, on l'emporte... Elle mourut de tristesse trois jours après... tant il est vrai qu'on trouve parfois chez les animaux une bonté, une fidélité qu'on chercherait en vain chez certains hommes !

A Pélagie, on forme un club, on correspond en criant haut et fort. Pour en faire partie « il « suffit de n'être ni un faux témoin, ni un fabri- « cant de faux assignats » ; le Président envoie l'accolade à travers le mur (1). Saint-Prix, le fameux comédien, chargé de tous les rôles de souverains, balaie sa chambre et s'exclame tragiquement : « Oh ! malheureux empereur, qui eût jamais pensé que tu dusses être réduit à balayer ! » Et tous savent si bien le sort qui les attend que, souvent, ils se présentent devant le Tribunal, chemise ouverte, col nu, prêts pour le billot. Magon dit ironiquement : « Je suis riche, c'est-à-dire visé par la mort... ou peut-

(1) *Tableau des Prisons de Paris.*

être... je puis vous acheter ?... » « — Qu'est-ce que la guillotine ? nargue Lamourette, une chiquenaude sur le cou ! » Un homme infirme entend prononcer son jugement, se lève : « J'ai, dit-il, l'habitude de me faire remplacer par ma garde, ne pourriez-vous aussi me procurer un remplaçant pour la guillotine ? » L'un improvise une pièce de vers moitié avant, moitié après sa condamnation. Gosnay dit en riant : « Je serai guillotiné demain ou après-demain. »

On voit la mort de si près qu'elle ne fait plus peur. Madame Roland annonce à ses amis, (en passant devant leurs cellules), le résultat de son procès par un geste expressif : la main sur le cou. Riouffe dit à Valazé : « Vous êtes friand d'une belle mort... et qu'on vous punirait en ne vous condamnant pas !... » Hubert-Robert occupe son temps à tracer des paysages sur les assiettes de la geôle ; Fabre d'Eglantine est surtout préoccupé d'une comédie qu'il a laissée au Comité de Salut Public et « tremble que Billaud-Varennes ne la lui vole. » Un autre chante : « Quand ils m'auront guillotiné, je n'aurai plus besoin de nez. » Roucher profite du court intervalle le séparant du sacrifice, pour se faire peindre. Au bas du portrait, il écrit à sa femme et à ses enfants :

Ne vous étonnez pas, objets charmants et doux,
Si quelque air de tristesse obscurcit mon visage :
On dressait l'échafaud, et je pensais à vous !

Roucher encore, retrouvant Chénier dans la charrette, le salue en récitant les quatre premiers vers d'*Andromaque*, modifiés un peu pour la circonstance... (Le fait a été déclaré faux, mais il est si joli qu'il vaut mieux croire à la légende...)

C'était ainsi : on se laissait dans un salon, on se revoyait dans l'affreux tombereau... Oh ! l'épouvantable calvaire de la rue Saint-Honoré... Lentement on prolongeait l'agonie, sous le froid, la neige, le vent glacé ; le char s'embourbait, les conducteurs juraient, les chevaux tiraient péniblement, la foule hurlait, assaillant de quolibets ces êtres qui allaient vers l'éternité. Et, que dire de ces amitiés, nouées la veille dans la prison, amitiés fugitives et cependant plus durables que toutes les amitiés, puisque la mort seule en marquait la fin !...

On conçoit aisément que les princes régnants aient les nouvelles de la Terreur avec un frisson... Quand le récit du 10 Août arriva en Russie, l'Impératrice était à table. « Elle garda un air sombre durant tout le repas », disent les chroniqueurs. C'est facilement compréhensible !

Il y a, au pied de l'échafaud, de jolis mots : « Allons, dit l'ex-Arlequin des Variétés à l'un de ses rivaux, ce n'est plus le temps des reproches, nous allons mourir. » Un jeune homme arrive devant le bourreau, une rose à la bouche.

Samson veut ôter la fleur : « Ce n'est pas dans l'arrêt ! » réclame le condamné, et il emporte avec lui le suave parfum. Du reste, les mères menaient leurs enfants à ce spectacle d'horreur ; elles élevaient les petits dans leurs bras : « Vois-tu bien ? » (1)

S'imagine-t-on ce que pouvait être cette place de la Concorde, sans cesse arrosée de sang ? Les chiens s'y abreuvaient, et on alla jusqu'à proposer de construire un canal menant directement le sang à la Seine ! Non loin de l'échafaud se trouvait une statue de la *Liberté* qui, ô ironie des choses, était tellement éclaboussée de sang qu'elle en gardait une patine spéciale. C'est en s'adressant à cette Liberté que Madame Roland lança sa célèbre apostrophe. Près du panier où tombaient les corps, un véritable commerce s'était établi ; un vol, devrait-on dire, et un vol sacrilège, car on y trafiquait honteusement les habits des malheureux suppliciés ; riches dentelles ou humbles bijoux, rien n'était respecté. Mais, peut-on exiger un respect quelconque de ces mêmes vainqueurs qui jouaient du violon sur les cadavres des Suisses ?

Faut-il rappeler la condamnation de Louis XVI pendant laquelle des femmes riaient, mangeaient des gâteaux, se penchaient

(1) Goncourt.

pour mieux entendre le mot fatal : la Mort ! (1) Dans le texte de la condamnation du Roi on lit ceci : «Louis Capet partira du Temple « à 8 heures du matin pour que l'exécution soit « faite à midi. » Un rien à passer, n'est-ce pas, de 8 heures à midi !...

Il y a, sur cette famille royale, une page de Goncourt que je ne puis m'empêcher de citer :

« Ces femmes qui n'ont plus de larmes, ce « résigné qui regarde les travaux de maçonnerie « scellant sa dernière prison, ce n'est pas assez « d'avoir eu ces misérables injures de la pau- « vreté faite à dessein, il faut encore qu'ils « aient les crachats, la fange, les calomnies, leur « chemin de la guillotine. De toutes parts « s'élèvent des voix confuses, des cris, des rica- « nements, une clameur quotidienne, obstinée, « sans miséricorde, sans trêve. Il semble, à y « prêter l'oreille, entendre un de ces chants de « mort des Peaux-Rouges, insultant au vaincu « avant de le martyriser, et qui, avant de tuer « le corps, crucifient le cœur. »

En lisant les livres retraçant ces agonies prin- cières, on comprend cette poignante phrase de Louis XVI, dans son testament : « Je recom- « mande à mon fils, s'il avait le *malheur* de « devenir roi... »

(1) Cité par Goncourt.

Notez, qu'en somme, ceux qui ont poussé aux exécutions royales ou exigé les raffinements d'humiliation, ne font point partie du peuple de Paris, du vrai peuple de France honnête et bon, (de ce peuple qui est en train de disparaître, envahi, submergé par les apaches) ; ce peuple, enfin, probe et travailleur, que l'on ne peut s'empêcher d'aimer et d'estimer, quand on le connaît. Non, ceux qui réclament les têtes, ce sont de louches intermédiaires, les dévoyés, les « pêcheurs en eau trouble » que l'on retrouve à toutes nos heures de crise, depuis les Cabochiens jusqu'à nos jours. Le vrai Français, au contraire, plaint la famille royale. Il n'ose le dire, car on y risque sa tête, mais il le prouve parfois. « Un jour Richard, concierge de la « Conciergerie, demande à une fruitière du « quartier le meilleur de ses melons, coûte que « coûte. — C'est donc pour un personnage bien « considérable ? demande la marchande, en « regardant avec dédain les vêtements râpés de « l'acheteur. — Mais oui... quelqu'un qui a été « très considérable... et qui ne l'est plus... la « Reine... — La Reine ! Ah ! pauvre femme ! « Tenez, dit-elle en bouleversant ses melons, « faites-lui manger celui-là et surtout ne me « le payez pas ! » (1)

(1) Cité par de Reiset (?)

Est-ce cette nation qui aurait pensé à ordonner « de mettre une forte poutre à la porte du « cachot de la veuve Capet, pour la forcer à « s'incliner devant le peuple ? ». Marie-Antoinette, n'ayant pas vu l'obstacle, se heurta si rudement le front qu'elle y laissa quelques mèches de cheveux. Depuis, chaque fois qu'elle sortait ou entrait, elle devait courber la tête. Est-ce vraiment la France qui a voulu ces horribles dernières heures de la Reine ? Mais citons plutôt le récit textuel de Rosalie, qui servit la Reine dans sa prison jusqu'aux derniers moments.

« Le 12 octobre les juges vinrent lui faire
« subir son premier interrogatoire ; ils la réveil-
« lèrent deux heures après son coucher. Le 15,
« dès 8 heures du matin, réveillée en sursaut,
« elle monta au Tribunal, et comme ce jour-là
« je ne lui avais porté aucune espèce de nour-
« riture, il est à croire qu'ils la firent monter à
« jeun. Vers les 4 heures de l'après-midi, la
« concierge me dit : « La séance est suspendue
« pour trois quarts d'heure, l'accusée ne des-
« cend pas, montez vite du bouillon. » Je pris
« une petite soupe que j'avais tenue en réserve
« jusque-là sur mon fourneau, et je la montai
« vers la princesse. Mais un commissaire me
« l'arracha des mains et la donna à sa maî-
« tresse, extrêmement parée. « Cette jeune
« femme a bien envie de voir la veuve Capet ;

« c'est une charmante (! !) occasion pour elle. »
« Cette femme s'éloigna, portant le potage à
« moitié répandu. »

Le matin du 16, à 4 heures, Rosalie
apprend la condamnation de Marie-Antoinette.
Elle descend dans le cachot de la Reine. Elle
la trouve toute vêtue de noir, étendue sur
son lit et versant d'abondantes larmes. Rosalie
lui demande si elle voulait prendre quelque
nourriture : « Ma fille, tout est fini pour moi,
je n'ai plus besoin de rien. » (On sait que
Marie-Antoinette devait être exécutée ce
matin même). Se ravisant ensuite, la Reine
dit : « Rosalie, apportez-moi du bouillon. »
(Sans doute pour qu'une défaillance de faim
ne fût pas prise pour un manque de courage,
comme le froid pour Bailly). La bonne fille
allait le chercher, lorsqu'elle apprit que le Comité
avait ordonné qu'on lui refusât toute espèce
de nourriture. (1)

D'autre part, Mercier, dans son *Nouveau
Paris*, dit « qu'elle avait pris une tasse de choco-
lat et un petit pain mignonnette ». Il est difficile
de savoir la vérité, mais il est certain que ses
derniers moments furent affreux. Elle avait,
en plus de Louis XVI, plusieurs mois de capti-

(1) Mémoires de M. d'Aussonne. Cité aussi par
Goncourt et Lenostre.

vité et la douleur atroce de laisser ses enfants à des monstres. Louis XVI, au moins, mourait en supposant qu'il était victime, parce que représentant officiel de la royauté en France ; et supposant que sa femme et ses enfants seraient épargnés, n'ayant pas les mêmes responsabilités. En mourant, la Reine ne pouvait avoir aucune de ces illusions et ce devait être horrible. Elle eut tout : souffrances morales, souffrances physiques. C'est payer un peu cher le hasard d'une naissance.

Car, enfin, que lui reprochait-on ? Des dépenses excessives ?... de la légèreté ?... les tares d'une race ?... Mais si toutes celles qui ont ces fautes sur les épaules devaient mourir, une bonne moitié du monde disparaîtrait à l'instant. Il est si naturel de se laisser aller à être heureux ! Il eût suffi, peut-être, pour faire comprendre à une jeune reine, ignorante des difficultés réelles de l'Etat, de quelques ministres ayant la fermeté et l'habileté de Necker. Cet homme habile avait trouvé un expédient singulier pour se mettre à l'abri des demandes de sa souveraine : « L'état du Trésor me met dans l'impossibilité absolue d'accorder à Votre Majesté ce qu'elle désire ; mais ma fortune me permet de lui offrir de ma bourse cette même somme, et j'aurai l'honneur de lui porter ce soir. Inutile de dire que Marie-Antoinette refusait.

Dans l'éducation du second Dauphin, la jeune souveraine mit une sévérité plus grande que pour son premier enfant, comme si elle eût prévu la longue claustration du pauvre petit prince. M. Michel Masson (1) cite le fait suivant : « Le « jeune Louis XVII courait si fort dans le jardin, « que Madame de Tourzel s'effraya. — Il risque « de tomber ! s'écria-t-elle. — Il faut qu'il « apprenne à tomber, répond simplement la « Reine. — Mais il peut se faire mal ? — Il faut « qu'il apprenne à souffrir... reprit Marie-Antoi-« nette, triste et lassée... »

Le plus amusant, c'est qu'il ne faut point croire que ces farouches révolutionnaires étaient inaccessibles au plaisir ! Barrère a beau dire : « Il ne faut que du fer et du pain ! » ces gens-là vivent bien. Francis Chevassu, parlant de M. Charles Bocher, dit « qu'on ne lui en conte-« rait point sur la frugalité de Robespierre ; au « cabaret des *Frères Provençaux,* l'oncle de « M. Bocher vit souvent le Conventionnel se « remettre des fatigues de ses victimes... et « l'Incorruptible était gourmet. » (2) Ce mot *fatigues* fait songer à la lettre de Robespierre, vendue récemment avec la collection Boutron-Chalard, et dans laquelle l'énigmatique révolu-

(1) *Enfances célèbres.*
(2) Francis Chevassu : *Visages.*

tionnaire « acceptait la charge importante et *pénible* d'accusateur public. »

Tous ces intransigeants se réunissaient souvent aussi chez Méot, le restaurateur fameux ; là, tandis qu'ils s'alanguissent, des nymphes en chair et en os descendent poétiquement du plafond truqué. Mais, nymphes gracieuses, restaurateur habile, ont beau tout mettre en œuvre pour flatter tous ces buveurs de sang, leurs efforts ne les empêcheront point de goûter, peut-être demain, aux douceurs du couperet. Au sortir d'un bon repas, Fouquier-Tinville dit en baillant : « Ce Méot est plaisant, à son fourneau. Il serait curieux de l'envoyer chercher un matin, avec son tablier, de le faire monter sur les gradins et de le faire guillotiner tout de suite. — Il faut alors le mettre dans une fournée le lendemain d'une décade, riposte un autre ; n'étant pas de ses juges, je viendrai dîner chez lui, pour rire ! » Pour rire ! Et voilà tout ce que leur arrachait le spectacle et l'idée de la mort ! Pour rire...

Eh bien ! malgré cette férocité de quelques meneurs, malgré cette hécatombe des plus glorieuses familles, malgré ce sang, malgré cette boue, ce qui demeure, c'est la France : une France qui trouvera des milliards et des armées pour aller à l'ennemi ; une France qui donnera des Kléber, des Marceau, des Masséna ; une

France qui enfantera des énergies, des noblesses de courage et de cœur, alors qu'on croyait ces choses-là émigrées ou guillotinées ! Une France qui, pendant vingt années consécutives, terrorisera l'Europe, et tracera la page d'histoire la plus étonnante qu'il y ait jamais eue. Trouvez un pays qui, à la suite de pareilles secousses, peut promener, victorieux, de l'Egypte à la Russie, un drapeau à peine né !... Une France laborieuse se retrouvant toute dans la constatation suivante : « Pendant la Révolution, la « Bibliothèque Nationale seule ne fut pas « désertée par ses habitués. » Ou bien dans le mot de ce soldat français, sans chapeau, sans souliers, arrêté et conduit devant le colonel des armées autrichiennes : « Sur combien de recrues votre patrie peut-elle compter ? demanda le chef en regardant avec mépris les haillons remplaçant l'uniforme. — Sur la France », répondit fièrement le soldat...

Une France où l'on trouve d'infinies délicatesses : telle cette petite Marie, jadis protégée par la duchesse d'Orléans, et qui, devenue fleuriste, allait chaque matin porter à sa bienfaitrice ruinée, un de ses humbles bouquets... Et c'est pour toutes ces choses qu'il faut aimer la France ! Car les étrangers l'adorent, l'admirent... Il n'y aura bientôt plus que les Français pour s'en désintéresser, et faire en sorte de la mettre au dernier rang de l'Europe... elle qui, jadis, donnait le ton aux puissances !

———

BIBLIOGRAPHIE : Journaux du temps : *Mercure, Gazette, Lettres récréatives, Galerie des Dames françaises, Le vieux Cordelier, La Quotidienne, Le vieux Tribun, La Bouche de fer, Le Messager du soir, Le Grondeur, Chronique de Paris, Tableau de Paris* (Mercier), *République des lettres, Toilette de Vénus, Le Miroir, L'Accusateur Public, Courrier de Paris, Tableaux des Prisons de Paris, Le Babillard, Nouvelles Politiques, Journal de la Cour et de la Ville,* etc., etc., etc.

Mémoires : Ange Pitou, Aussonne, Mlle de La Fayette, Mme d'Epinay, de Genlis, Bachaumont, Bezenval, etc.

Correspondance : Baron Grimm, Voltaire, etc.

Etudes sur le XVIIIe siècle : Baron de Batz, P. de Nolhac, de Reiset, Goncourt, Houssaye, Docteur Cabanès, Franklin, etc., etc.

CHAPITRE VII

La Société sous le Directoire

> Pour clore la série des conférences, Mlles Balouzet et Parisis interprètèrent avec un rare bonheur et une émotion inouïe l'incomparable *Passant* de Coppée. Mlle Duflos chanta aussi l'hymne de l'époque: *Partant pour la Syrie.*

MESDAMES,
MESDEMOISELLES,
MESSIEURS,

Voici la dernière partie de notre programme : *Le Directoire,* ses *Merveilleuses* et ses *Incroyables,* si bien nommés, car, en vérité, il est incroyable que l'on ait pu recommencer à rire et à s'amuser au lendemain même de ce cauchemar qui s'appelle « La Terreur ! » Le Directoire, c'est la romance mimée de tout un peuple, gémissant sur des tombes à peine fermées, mais gémissant avec le secret plaisir d'avoir échappé à l'épouvantable hécatombe, et gémissements qui se terminent par délire de joie ! On a tant pleuré qu'il n'y a plus de larmes ! On rit, vite... Sait-on si les sombres jours ne vont pas recommencer ? Il faut profiter du répit ! Chacun met sur son dos toute sa fortune ; il n'y a plus d'épargne. A quoi bon ? On vient d'apprendre l'indifférence pour une fortune que le sort peut vous enlever, ou vous faire gagner en une heure ! Mais... y a-t-il seulement des fortunes ? et à qui sont-elles ? Aux anciens ou aux nouveaux détenteurs ? Or, sans souci du lendemain, sans approfondir les choses, on s'ébat, d'un bout de la France à l'autre. Le plaisir de revivre quand on a cru mourir ! Cette exaltation, cette folie du rire, fait même mettre en ballet, à l'Opéra, *les Maximes de La Rochefoucauld* !...

Mais cela nous suffoque... Comment donc a pu s'arrêter net, en quelques heures, le long règne de la guillotine ? C'est qu'il y avait là, impatiente et rageuse, toute la jeunesse désirant un habit élégant au lieu des guenilles patriotes, une vie calme au lieu de la peur, des rires au lieu de larmes, et c'est cette soif de vie qui produit l'explosion du 9 Thermidor, la pression formidable, pour repousser avec horreur la guillotine. Ah ! on a soif d'acquitter, soif de ne plus voir de sang, de ne plus entendre le bruit sinistre du couperet dont le peuple même se plaint, (chaque arrondissement faisant pétitions sur pétitions pour chasser l'infâme machine dans un autre quartier). Soif de ne plus voir cette hideuse « Veuve » repoussée de partout, errant de place en place !... Ainsi toute la jeunesse se soulève ; elle est dévouée corps et âme au parti *quel qu'il soit*, refaisant une France habitable !... Et c'est ce sentiment, éclatant tout à coup, qui laisse l'Europe stupéfaite de voir une nation, hier sanglante et aujourd'hui rieuse et folle !...

En effet, c'est *Incroyable* et *Merveilleux* !... Merveilleux de voir des voitures de luxe, de pouvoir goûter le plaisir de faire effacer ce nuage mis jadis sur des armoiries avec cette devise : « Ce nuage n'est qu'un passage. » (1). Merveilleux de revoir les marchandes coquettes, enrubannées, aguichantes, sans craindre d'être suspectes. Merveilleux de sentir le goût renaître, le désir des jolies choses, des objets de luxe, des dentelles légères, des bijoux de prix, toutes inutilités qui font la richesse d'un pays !

Merveilleux, ce renouveau d'amour qui pousse tous les jeunes gens à se marier vite, vite... Si bien que l'anarchie et le désordre dont on se réveille, ayant empêché l'éclosion des idylles familiales, ou bien encore la mort ayant fauché les parents, voici que germe l'incroyable idée

(1) Cité par Goncourt.

d'une : « Pension de demoiselles à marier. »
On y reçoit trois fois par semaine ; il y a bal,
concert, jeu sous le couvert d'une dame de
vertu austère. On n'y reçoit que des jeunes gens
présentés ; des familles se fondent, des poupons
larmoient, une France nouvelle renaît de ses
ruines ! Or, ironie des choses ! le seul but de
ces Merveilleuses, c'est d'épouser un de ces
nobles que leurs pères traquaient comme des
monstres ; c'est de prendre le ton, les manières,
les genres des *ci-devants,* honnis hier encore !
On va jusqu'à se faire soigner pour acquérir
la pâleur aristocratique !

Et cependant, d'où revenaient-ils ces émigrés?
Ces nobles convoités ? Ils représentent donc
tout de même quelque chose, puisqu'il a fallu
contre eux une révolution sans exemple dans
l'histoire des peuples, et qu'à peine cette tempête apaisée, c'est vers eux que se tendent les
bras, comme aujourd'hui encore les belles
Américaines appellent à elles les rejetons de ces
races illustres !

Examinons leur vie à l'étranger. Un dessin de
l'époque peut en donner l'idée. On y représentait une poissarde faisant la charité à un ex-
rentier et au-dessous : « *Je fus, tu fus, nous
fûmes.* »

Dès le début de la Révolution, beaucoup
avaient fui : près de six mille en quinze jours,

14

mais à partir de 1791, cela devint de plus en plus ardu. Grimm écrit : « J'étais tenté de « sauver des choses précieuses pour moi, mais « les temps étaient déjà tellement difficiles, « qu'au moindre déplacement d'effets, le pre- « mier ballot qui sortirait de la maison, serait « arrêté, fouillé, pillé dans la rue. » Mais, même partir en abandonnant tout n'était pas à la portée de tous : « il faut pour obtenir un passe- port, un certificat du docteur ordonnant un déplacement. » Parfois, comme pour l'Arche- vêque de Reims, atteint de consomption, on décide que le médecin a exagéré et qu'il peut rester. Sur ces émigrés, on fait un jeu, puis des chansons. Ne sait-on pas qu'en France, tout finit par des chansons ? Les Girondins eux- mêmes allèrent à la mort en chantant. Et n'est-ce pas pendant la Révolution que se créa... le vaudeville ?... Oh ! France !...Ceux qui fuyaient sous de faux noms étaient pour la plupart arrêtés et les commissaires chargés de les ramener à Paris, ne leur cachaient pas les meurtres faits la veille ou l'avant-veille, pour leur donner un avant-goût de leur sort.

Mais enfin, ceux qui parvenaient à fuir, comment vivaient-ils ? On voit « le grand « chemin d'Aix-la-Chapelle à Dusseldorf, cou- « vert de fugitifs, et les frais pour y subsister à « peine, s'élevaient à des sommes hors de toute

« proportion et de toute croyance. En peu de
« semaines il m'en coûta 10.000 livres de France
« pour être à peine logé, chauffé et nourri avec
« ma petite famille. » (1)

Arrivés au lieu de leur refuge, les uns font de
la peinture, des miniatures, montent des tabatières ou donnent des leçons de français ; les
autres se louent « à un râpeur de tabac et
« tournent le moulin du matin au soir, pour
« quinze sous !... »

Quel problème !... car « dès que les émigrés
« se montraient, tout devenait dans l'instant
« hors de prix : ils étaient rançonnés, vexés,
« dépouillés sans pitié. » (2) Aussi n'est-on pas
étonné de voir un chevalier de Saint-Louis
demandant l'aumône à une pauvre femme, dans
une rue détournée : « Monsieur, je suis moi-
même une misérable ouvrière ! — C'est pour
cela que je m'adresse à vous : il n'y a que
les malheureux qui donnent. » On lit dans un
journal de 1793 : « Les émigrés maigres, étaient
« bien heureux quand on leur faisait l'aumône
« d'un vieux coin de maison en ruine ; ils
« mangeaient peu, (pas d'argent), soufflant sur
« leurs doigts pour se réchauffer, (pas de bois)
« errant en sabots à la nuit, sur quelque prome-

(1) Baron Grimm. *Mémoires.*
(2) Grimm. *Correspondance.*

« nade déserte, redisant ces vers d'un émigré
« comme eux :

> Combien j'ai douce souvenance,
> Du joli lieu de ma naissance !
> Ma sœur, qu'ils étaient beaux,
> Les jours de France.

L'empereur d'Autriche distribue des secours
à ceux qui avaient pu venir jusqu'à Vienne,
mais combien, échoués dans d'humbles bour-
gades de Suisse, d'Allemagne ou d'Italie ne
durent qu'à l'adresse de leurs doigts chargés de
bagues, jadis, la pauvre subsistance de chaque
jour !

Chateaubriand donne des leçons, à Londres, et
fait d'obscures besognes d'écrivain ; mais comme
ni l'un ni l'autre de ces métiers n'enrichit son
homme, loin de là, le futur génie manque de
mourir de faim, dans la ville où il devait revenir
vingt-cinq ans plus tard, comme ambassadeur !..

Philippe de Girard fait vivre toute sa famille
du fruit de son travail et c'est pendant son exil
qu'il inventa le fameux métier à tisser ; il laissa
même en Pologne trace de son passage, en y
fondant une ville qui porte son nom : Girardoff.
De même, le duc de Richelieu, se retirant à
Odessa, et faisant de 1803 à 1815 la fortune et
la prospérité de la ville russe.

Certains furent plus heureux, tel le fameux

Boufflers, fils de la trop célèbre marquise et qui, en Pologne ne cessa pas d'avoir chevaux, voitures, etc. Ou encore de Calonne, séjournant tantôt à Lisbonne, puis à Madrid, « où il se promène à pied sur le Prado, en costume espagnol. » A Hambourg, c'est le duc d'Aiguillon et Lameth qui font florès. A Londres, c'est le chevalier d'Abzac, auquel se rattache le trait suivant, conté par Camille Ducray : « D'Abzac
« regardait un Anglais, essayant en vain d'em-
« barquer de pied ferme, au galop, à gauche,
« le cheval qu'il montait. D'Abzac souriait
« sans doute ironiquement ; le cavalier s'arrête :
« — Vous êtes homme de cheval ? — Oui,
« répond le Chevalier. — Puisque vous êtes
« homme de cheval, voulez-vous bien, Monsieur,
« me faire l'honneur de le monter ?... — Ce sera
« donc seulement pour vous être agréable,
« monsieur. « D'Abzac ajuste les étriers, puis
« sans hésitation, il fait exécuter à l'animal
« le travail que l'écuyer s'était efforcé vainement
« d'obtenir. L'Anglais n'en revenait pas :
« Monsieur, vous êtes le diable ou le chevalier
« d'Abzac... — Effectivement, Monsieur, je
« suis le second, mais n'ai rien de commun
« avec le premier. » Puis il salua et partit. » (1)
Mais ces deux ou trois derniers exemples

(1) Camille Ducray. *Le Journal.*

sont l'exception ; la plupart sont tombés dans la misère ; et si la mode vient de Londres, c'est que les bonnes faiseuses françaises s'y sont réfugiées, prenant à leur solde quelque marquise dont le goût faisait la joie de Versailles, et qui, maintenant utilise ses aptitudes et devient modiste. Madame de Genlis écrit avoir rencontré: « la Baronne de Crussol qui vient ici (1) pour « les affaires de *sa maison* ; elle avait monté un « magasin de modes à Londres. »

Beaucoup sont restés en France, surtout les artistes : Riesner rachète ses œuvres, en y jouant sa vie, « ne voulant pas les laisser aux hasards des enchères ou de la destruction. » Greuze, aux longs cheveux bouclés, pastellise pendant les années terribles. Fragonnard, réfugié à Grasse, peint de haut en bas la maison de son parrain ; par prudence il remplit l'escalier de sujets républicains ; on croit même y reconnaître la figure de Robespierre. Tel homme de lettres, se vêtant comme un ouvrier, attendrit par sa misère des porte-faix, et obtient d'eux la faveur insigne de les aider à décharger les bateaux sur les ports. Il vécut de ce travail pénible pendant toute la lugubre période, et l'obscurité de son métier le fit échapper à la mort.

(1) A Hambourg.

Car, je l'ai dit dans le chapitre précédent,
c'était un miracle d'échapper à la guillotine !
Certains doivent la vie à des actrices que
jadis ils faisaient vivre : ce qui prouve qu'un
bienfait n'est jamais perdu !... D'autres doivent
l'existence absolument au hasard : un abbé eut
l'idée de se cacher parmi les cadavres de ses
compagnons. Son corps fut acheté, avec quelques autres par un chirurgien... lequel fut bien
étonné de voir le mort se lever et le supplier de
le sauver. Ici, c'est un homme sourd et aveugle
enfermé à la Conciergerie. Un matin on vient
chercher les prisonniers, on fait l'appel des noms ;
il n'entend pas et se trouve rester seul dans la
pièce. Les gardes l'aperçoivent, le poussent
dans la cour ; mais là, ses compagnons déjà
entassés dans la fatale charrette ne lui laissent
pas la moindre place. « Posez-le à terre, il
attendra bien jusqu'à demain ! » dit l'officier.
le lendemain, c'était le 9 Thermidor et l'homme
fut sauvé !

9 Thermidor ! quel cri de délivrance ! quel
souffle de vie, parcourant la France, faisant
battre les cœurs et relever les têtes penchées,
tremblantes sous la menace du couperet !
9 Thermidor ! et l'écho, là-bas, et l'espoir qu'il
envoie aux misérables portes des proscrits !...
Enfin revoir la France !! Retrouver les vieux
souvenirs, essayer de rechercher les tombes des

parents ; pleurer sur les sépulcres violés, telle
la famille La Rochefoucauld, dont les caveaux
ancestraux avaient été ouverts, et les corps
qu'ils contenaient laissés à l'abandon... Ange
Pitou, passant là, quatre ans après, retrouva
dans la sombre crypte, des cheveux, des membres,
restes affreux de cadavres dont les corbeaux
avaient fait leur pâture !

Joie de retour, et cependant triste retour !...
Car, tous n'ont pas la chance de Madame de
Montesson, comblée d'honneurs par Bonaparte,
et mise à l'abri du besoin par une pension de
soixante mille francs... Un heureux destin l'avait
fait présider une distribution, et poser une
couronne de lauriers sur le front de l'écolier
de Brienne. « Puisse-t-il vous porter bonheur »
avait-elle dit. Bonaparte, si superstitieux, avait
gardé un souvenir ému du vœu qu'elle-même
avait oublié depuis longtemps, et c'est en signe
de gratitude qu'il rétablit la rente de Madame de
Montesson.

Non, tous n'ont pas cette chance... A quatre-
vingt-trois ans, le général de Montalembert
voit ses derniers meubles vendus, la Maréchale
de Duras meurt à l'hôpital. Ceux-ci se réfugient
dans d'humbles maisons de retraite et s'y
retrouvent : M. Châtillon des Essarts, l'abbé
Dupont de Compiègne, Mademoiselle de Tott,
Madame de l'Hôpital, (nom prédestiné) ; Ma-

dame de Montanclos, (laquelle, avant, pendant, après, fait des pièces de théâtre !...) Elle imitait en cela, le duc de Nivernois qui, ne voulant pas sacrifier au goût du jour : (la traduction des romans anglais), continue à rimer des apologues, dont il cherche à tirer quelque argent. Il a tout perdu : fortune, titre, mais son esprit l'aide à vivre... On ne sait comment il eut la chance d'être oublié dans les prisons révolutionnaires. C'est un fait inouï pour ce temps où l'on envoyait à la mort sans même prendre le loisir de vous juger ! Au reste, il occupa les loisirs de sa réclusion, en traduisant un long et folâtre poème Italien : *Ricciardetto.* La chute de Robespierre lui rend la liberté ; il retrouve bien son hôtel, rue de Tournon, mais... plus un meuble ! Le citoyen Mancini, (c'était son nouveau nom républicain), fait alors des vers légers sur son malheur :

> J'ai vu de près la Guillotine ;
> Mon sort avait méchante mine,
> Et j'en avais quelque souci ;
> Ahi, povero Mancini !
> Mais j'ai trompé sa faux cruelle,
> Et, dans le quartier des Grenelle,
> Je suis reçu, je suis chéri,
> Ah ! ah ! trop heureux Mancini.

> J'ai perdu ma fortune entière,
> Ou s'il n'en reste, ce n'est guère,
> Je suis mal mis et mal nourri,
> Ahi, povero Mancini !

Mais je n'ai plus regrets, ni peines,
Zulmé m'a donné pour étrennes,
Les deux beaux écrins que voici,
Ah ! ah ! trop heureux Mancini.

On cherche ce qui reste de ses amis, on se réfugie auprès de parents plus favorisés du sort et qui ont pu conserver ou recueillir quelques épaves de leur fortune. Lamartine écrit dans une de ses préfaces : « Une de mes tantes, dont « les cachots de la Terreur avaient blanchi la « belle tête avant l'âge, surveillait nos jeux » ; elle consentit, ajoute-t-il, à couper une de ses boucles avec laquelle nous fîmes une petite harpe, et cette harpe rendait un son « plus triste et « plus grave que les cheveux blonds. »

Ou bien encore, retenu par l'âge et la maladie, à l'étranger, on cherchait à réaliser un peu des capitaux laissés en France ; tel le baron Grimm, qui, en réponse, reçoit « une caisse contenant « quelques pièces de mousseline et trois paires « de manchettes de dentelles, accompagnée « d'une facture où la mousseline était marquée « 24.000 livres, 30.000 livres et 36.000 livres... « Les trois paires de manchettes ne coûtaient « que 90.000 livres !... J'appris avec une extrême « surprise, par cette facture, que ce panier « m'apportait l'équivalent de toute la fortune « que j'avais laissée en France, celle que la

« République m'avait enlevée et qu'elle me ren-
« dait !... » (1)

Dans Paris, se fait-on une idée de la cacopho-
nie qui existait ? Les noms de personnes chan-
gés, (comme je viens de le dire à propos de
Nivernois), les noms de rues modifiés ; rue Montmartre est devenue rue Montmarat ; plus de
Cours la Reine, ni de *rue Royale*, ni de *Place
Louis XV*, mais *Rue de la Loi, Place de la Révolution*, etc.

Les hôtels ?... On ne sait plus s'ils sont aux
anciens ou nouveaux acquéreurs ; ou plutôt ils
sont à tous et à personne, car on les vend et les
achète plusieurs fois par jour. Un agioteur, sans
un centime, acquiert un vieux couvent, plusieurs
milliers de livres... pour le revendre quelques
heures après avec un léger bénéfice. Dans ces
achats les beaux domaines deviennent ce qu'ils
peuvent. Tel qui avait vendu sa demeure pour
ne pas coucher à côté de la potence, revient et
voit sa maison devenue bal public, papeterie,
bureau de diligences, Mont de Piété. Heureux
quand il n'est pas devenu hôtel meublé... ou pire !
On lit dans les *Mémoires* de Bourienne : « Mon

(1) A comparer avec les regrets qu'exprime ce
même Grimm quelques années auparavant : « Ainsi
je perdis ma maison, mon mobilier, ma bibliothèque,
mes rentes, ma fortune et des capitaux confiés par
mes amis pour les placer en France. Je me trouvais
non seulement nu, mais banqueroutier ».

« frère avait fait, avec plusieurs personnes, la
« spéculation d'une entreprise d'encan national.
« Il recevait à l'hôtel de Longueville tout ce
« que l'on voulait vendre, et il avait des fonds
« sur les objets déposés jusqu'à la vente. Bona-
« parte y avait, depuis quelque temps, déposé
« sa montre. » Un vieil hôtel de la rue de Seine,
près de l'Institut, fut converti en un établisse-
ment de bains, et l'on pouvait coucher à Trianon
pour soixante-douze livres.

Dans ce désordre, que de fortunes illicites !...
Chanteloup, Chevrette, Grosbois, etc., sont à
des Conventionnels « venus nus de leur province ».

C'était bien la peine d'abolir le favoritisme !
Aussi, dans cette Révolution, comme dans tout
autre temps, peut-on, sans exagérer, représenter
les sages Aristide et les vertueux Brutus, revenant d'un scellé, les poches bien garnies !... Un
des plus beaux hôtels du faubourg Saint-Honoré
est acheté par un ancien tourneur de sabots à
la Pitié. De mauvaises langues racontent que
Robespierre avait fort envie du jardin de
Madame de Rohan-Guéménée. Il fit tout simplement guillotiner la propriétaire et prit le
jardin. (1) On raconte que quinze jours avant
le 9 Thermidor, il se promena sur le lac. Puis,

(1) Ange Pitou.

lassé, il dit à Collot d'Herbois et Billaud-
Varennes, ses inséparables : « Rien ici ne me
plaît, tout m'ennuie à la ville comme à la campagne ; allons-nous-en. »

Chacun cherchait à remplir son bas de laine :
celui-ci en vendant aux soldats des semelles de
souliers prenant l'eau. C'est qu'il faut faire
fortune à tout prix ou mourir de faim... La vie
est devenue horriblement chère ; prenons quelques comptes :

Blanchissage du mois..........	440	livres
Provision fil blanc.............	2.000	—
2 douzaines de mouchoirs.......	3.400	—
Deux dindons.................	500	—
Une cravate soie et coton.......	200	—
Un chapeau de paille..........	300	—
7 paires de bas...............	3.600	—
Un litron de haricots..........	25	—
Deux douzaines de torchons.....	5.200	—
Bougies	4.000	—

L'amour lui-même devient inabordable. Mademoiselle Lange, (un nom bien mal placé), se vend
10.000 livres par douze heures !... Si vous calcu-
lez qu'un louis a valu jusqu'à 23.000 livres,
vous voyez que l'existence devenait un problème
presque aussi ardu qu'à notre xxe siècle !... Les
employés des finances, non payés, firent grève

et déclarèrent « qu'ils ne laisseraient pas passer un sac avant d'avoir leurs comptes réglés. » Ange Pitou, (alors rédacteur aux *Annales politiques et littéraires*), raconte que l'agiotage du papier faisait monter son traitement à un sou par jour !...

Le manque d'or est tel qu'on vous arrête dans la rue : « Voulez-vous de l'argent ? Venez ici, sur cette borne, en voir à 30 du cent. » On entend un mendiant s'écrier : « Au nom de Dieu, faites-moi la charité, il me manque 230 livres pour acheter une paire de souliers ; ceux-ci prennent l'eau ! » On est loin de l'obstination bête du Jacobin de 93 s'écriant : « Je n'entends rien aux finances, j'ignore si les assignats sont une bonne ou une mauvaise opération, mais puisque les aristocrates n'en veulent point, nous *devons* les vouloir et les faire passer ! »

La crise est partout. En Autriche, l'Empereur fait faire pour dix millions de florins de papier monnaie, sur l'hypothèque d'un envoi de cent mille quintaux de cuivre, ce qui leur fit donner le nom de : *Billets de la Caisse de Cuivre.* En général, les paiements, tant en Autriche qu'en France, devaient se faire moitié en argent, moitié en papier monnaie ; mais créanciers et débiteurs n'y regardent pas de si près ; l'on paie, au besoin, son boucher avec des tapisseries des Gobelins ! Chacun vend, achète, troque, pour se faire quelque argent : tout est à l'encan, reste exposé aux injures de l'air : meubles, tableaux d'art, dentelles de la Reine, qu'une passante désœuvrée achètera un jour d'ennui.

A la porte d'un théâtre, on lit ces alléchantes propositions : « A vendre : 1° Une mer consis-
« tant en douze grosses vagues, dont deux plus
« grosses que les autres, mais un peu endom-
« magées. 2° Une belle neige en flocons de
« papier d'Auvergne. 3° Un soleil couchant, une
« nouvelle lucarne. 4° Un manteau impérial,
« fait pour Sémiramis et successivement porté
« par Agamemnon, Wenceslas et par le roi de
« Cocagne. 5° L'habit complet d'un spectre, à
« savoir : une chemise ensanglantée, un pour-
« point déchiqueté, une casaque percée sur la
« poitrine de trois trous... 6° trois rochers bien
« rembourrés. 7° Un bûcher qui brûle par tous
« les bouts et qui sert depuis dix ans. 8° Cinq
« aunes de chaînes de fer blanc, dont le cliquetis
« est admirable et fait couler des torrents de
« larmes. »

Ainsi, au réveil de cette incroyable tempête, tout est baroque, original, invraisemblable. Personne ne vit de son métier : un épicier vend des chaussures ; un bottier vend des pruneaux ; des chevaux de bronze et des tuyaux de pipe. (1) Dans un magasin de modes, il y a des affûts de canons et un *Ecce Homo*, attendant le plus offrant.

Car, après cet ouragan qui avait tout nivelé, le besoin d'argent est à tous les étages et, dans les salons, point n'est question de futilités, mais les dialogues s'échangent : « Marquise, avez-vous pu placer votre lot de souliers ? » ou bien : « Avez-vous des échantillons de vos huiles ? Et votre vente de vins de l'Hérault ? » Ici, on vous propose une opération sur les savons, (non point des savons pour nettoyer, comme un vulgaire pourrait le croire), mais des savons pour agiotages, des savons fictifs qui sont à Grenelle quand vous habitez Montmartre ; des savons que votre vendeur n'a pas vus, que vous ne verrez point, que votre acheteur ne verra pas davantage. Au reste, seraient-ils propres à l'usage pour lequel on les fabrique en général, vous n'auriez pas le temps de vous en servir ; ils sont vendus quatre fois par jour et l'on recommence le lendemain. Cet effort des gens du monde vers un gain aléatoire, mais n'obligeant pas à un métier caractérisé, (et partant « *déclassant* » vis-à-vis des gens à esprit étroit), rappelle l'essai des femmes actuelles, cherchant à équilibrer un budget modeste par des travaux de

(1) Cité par Goncourt.

cuir repoussé ou des ventes d'objets antiques.

Outre l'agiotage, les gens se lancent dans l'exploitation de cette chose immuable, traversant sans faiblir les siècles et les révolutions : l'estomac. Les métiers de luxe n'existant plus, tout le monde s'installe restaurateur, boucher, charcutier, peu importe pourvu que ce soit quelque chose qui se mange, qui puisse faire regagner le petit pécule perdu dans la débâcle révolutionnaire. Le pâtissier Rouget, qui s'était enrichi et retiré avant la Révolution, soupire, mais reprend son tablier et ses fourneaux, et recommence philosophiquement sa vie.

Ceux qui ne peuvent s'établir marchands de quelque chose, sollicitent des places. C'est du Directoire que nous vient le mal dont nous souffrons tant : les fonctionnaires. Chaque détail demande un homme, parce que chaque homme demande une place. « Cent dix-sept expédition-
« naires, dit le Censeur de journaux, gâchent
« ce que feraient cinq hommes. Louvois n'avait
« que deux commis ; il y a maintenant à la
« guerre soixante-douze chefs qui ont chacun
« vingt-cinq employés et quatre sous-employés. »

Il est nécessaire de parcourir les feuilles du temps pour vraiment rire, et l'on y cueille des saillies dignes de Courteline. « Il faut, dit l'un,
« que l'Etat donne un emploi à un homme
« par cette grande raison que cet homme ne

« sait rien faire ! » N'est-ce pas un héros des *Ronds-de-Cuir* celui qui, venant toucher ses émoluments, s'avise de demander, un jour, « *où est situé son Bureau...* »

Voici encore un autre fait : « Un homme, placé « à un poste éminent, lassait depuis longtemps « la persévérance d'un jeune particulier, auquel « il avait promis un emploi. Le solliciteur par- « vint enfin à faire lire un mémoire trouvé assez « bien fait pour qu'on demandât quel en était « l'auteur : « C'est moi, Monsieur, dit humble- « ment le protégé, et je l'ai mis en vers, dans le « cas où vous préféreriez la poésie à la prose. — « Voyons, dit le protecteur, et après les avoir « lus... Mais ce n'est pas mal, je voudrais les « avoir faits. — Monsieur, reprit le postulant, « je l'ai mis en musique. — Cela doit être « curieux, dit l'homme en place, je veux l'en- « tendre. — Je ferai plus, Monsieur, préparez- « moi un violon et je le jouerai. » Le mémoire se joue, le Protecteur est enchanté. — « Ce « n'est pas tout, Monsieur, dit le jeune homme, « je puis encore le danser ! » Cela parut si plai- sant à l'homme puissant, qu'il voulut assister à la danse. — « Mais c'est parfait, dit-il au « jeune homme en l'embrassant ; je vous fais « donner immédiatement la place de chef dans « mes bureaux. » L'homme qui savait faire des vers et de la musique, jouer et danser, mais pas un mot de la besogne qu'on lui confiait, fit un chemin très rapide. (1)

Cette course à « la place » ou à « la pension » ou à « la restitution » dura fort longtemps, puisque nous en retrouvons des exemples amusants jusque sous la Restauration : « Un noble solli-
« citait près de Talleyrand. — J'ai suivi le roi
« à Gand... — En êtes-vous bien sûr ? dit le
« prince. — Comment ?... — Oui, car voyez-
« vous, j'y étais ; les fidèles suivants du Prince
« se montaient à sept ou huit cents, et à ma
« connaissance il en est revenu plus de cinquante
« mille ! ! ! »

Comment dépeindre la confusion régnant dans la société grâce à ces successions de régimes, ces fuites, ces retours, ces re-départs ; ces fortunes gagnées en un instant, perdues encore plus vite ; ces familles réduites au minimum par le régime de la *Terreur* ; ce renouveau de ceux qui, ayant frôlé la mort, se jetaient à corps perdu dans la joie et la vie !... Au moral... regrets des chers disparus, ivresse de vivre, espoir de fortune, deuils des situations passées... Or, ces conflits de situations et de sentiments se doublent d'un mélange inouï de toutes les classes ; et, à regarder s'agiter les Incroyables et les Merveilleuses, mi-composés de noblesse authentique,

(1) Anecdotes Ceilnart.

de noblesse de République ou de noblesse d'audace, on a l'impression de regarder bouillonner une écume produite par l'effervescence momentanée de l'onde... jusqu'à ce que, l'apaisement arrivant, toutes choses reprennent leur véritable place.

Toutefois la classe qui, subitement, s'est trouvée à la tête de la Nation, est fort ignorante. Elle n'a pas eu le loisir de s'instruire, soit parce que terrée par la peur au fond d'une cachette, soit parce que trop occupée à voir fonctionner la guillotine. Aussi elle confond assez facilement « La Montagne » et « Montaigne », semblable à ce vieux Monsieur de Montbazon qui, jadis, s'exclamait naïvement : « Comment César est-il mort sans confession, puisqu'il y a tant de prêtres à Rome ! »

Au musée du Louvre, on avait exposé différents bustes trouvés chez les ci-devants. Or, comme le nom de l'ex-propriétaire se trouvait inscrit sur le piédestal, on prend sans hésiter Alexandre pour Condé !... Cette ignorance ne sera pas spéciale à ce début du Directoire, elle se continuera glorieusement avec Madame Sans-Gêne. Et même, une union hâtive avec une princesse n'ayant pu cultiver la langue française, (faute du temps que laissaient jadis les anciens usages protocolaires des fiançailles), une Marie-Louise, dis-je, fera monter ces légères erreurs jusqu'au trône.

« Un jour, Napoléon, fort mécontent à la
« lecture d'une dépêche de Vienne, dit à Marie-
« Louise : « Votre père est une ganache. »
« Marie-Louise ignorant beaucoup de termes
« français, interrogea un courtisan : « L'Em-
« pereur vient de me dire que mon père était
« une ganache... que veut dire ? » Le courtisan
« embarrassé balbutie, dit que cela signifiait :
« Homme sage et de bon conseil. » A quelque
« temps de là, l'Impératrice assistait à une
« discussion. Pour clore le différend, elle s'ad-
« dresse à un vieux général : « Allons, mettez-
« nous d'accord, car je vous tiens pour la
« meilleure ganache de l'Empire ! »

Citons encore ce coq-à-l'âne, quoique plus
tardif, mais fort amusant, en ce qu'il prouve
la difficulté qu'il y avait à changer suffisamment vite d'opinion pour suivre les fluctuations
des gouvernements. Louis XVIII, on le sait,
se piquait d'être fort en grec et en latin.
« Il reçoit un jour la députation d'une Académie
« de province : « Messieurs, y a-t-il beaucoup
« d'hellénistes parmi les membres de votre
« société ? — Des Hellénistes ? s'écrie l'un
« d'eux plein de zèle,... nous en avions quelques-
« uns, mais l'Académie les a chassés, et il n'y
« a plus que trois ou quatre misérables qui
« regrettent le prisonnier de Sainte-Hélène. »

Pour pallier le danger de ce manque d'instruction, les élégantes suivent assidûment les cours des Lycées, comme aujourd'hui nous allons aux conférences. Et puis, ces cours ne sont-ils pas une excellente occasion de montrer les modes nouvelles, les coiffures *à la Victime,* et même des perruques *bleues* (! ?) qui furent, — l'espace d'un matin, — le dernier cri du chic. Ou bien encore ces cothurnes, si en faveur, et qui n'avaient qu'un inconvénient : celui de ne pas permettre le moindre pas.

La belle Madame Tallien se promène dans son carrosse sang de bœuf, elle, tout de blanc habillée, demi-nue, ce qui faisait dire au docteur des Essarts, pestant contre ces décolletages excessifs « qu'il avait vu mourir plus de jeunes « filles depuis la mode des nudités gazées, que « depuis les quarante années précédentes. » (Mises à part, bien entendu les victimes révolutionnaires). Et le marquis d'Herbouville disait spirituellement : « Notre jeunesse a vu les bals des victimes révolutionnaires, (1) il était réservé à notre âge mûr de connaître les victimes des bals. »

Mais, pendant que nos coquettes prennent des allures de Romaines ou de Grecques et dévoi-

(1) On sait que les Girondins, par exemple, passèrent la nuit précédant leur mort, à souper, chanter, discourir, pour se maintenir dans un suffisant état de courage et d'émulation.

lent leurs belles épaules, où sont donc passés les Conventionnels qui avaient tenu la France sous le régime d'effroi qu'elle n'oubliera jamais ? Après le 9 Thermidor, c'est un élan de révolte, montant de toutes ces familles en deuil, un vœu de vengeance s'exhalant par tous les titres des journaux d'alors : *Mort aux Jacobins ! Le sang patriote demande vengeance. Les Jacobins hors la loi. Les Jacobins traités comme ils le méritent. Pendant que la bête est au piège, il faut l'assommer, etc.*, etc., etc. (1) Lugubres clameurs, que l'on pourrait opposer au souvenir des journaux de 1793 : *Le Père Duchéne, le Vieux Tribun, la Bouche de fer* ou ce cri : *Les dieux* vont *avoir soif* (2) terribles promesses expliquant les représailles des terroristes passés !...

Une pièce de théâtre flétrissait les Jacobins, un homme loue une loge pour *toute* la série des représentations ; il y allait chaque soir, se frottant les mains, disant : « Oh ! comme je me venge de tous ces coquins-là ! » Une jeune fille, dans la salle, s'évanouit à cette reconstitution, s'écriant : « Ils ont tué mon père et ma mère, ôtez ce sang ! »

La peine de mort étant supprimée, ce fut à Cayenne que furent déportés Collot d'Herbois,

---

(1) Cité par Goncourt.
(2) Exclamation trouvée dans *Le vieux Cordelier.* Pluviose, An II.

Billaud - Varennes, Tronçon - Ducoudray, Dupont de l'Eure, etc., etc... A leur tour, ils souffrirent, vérifiant ainsi la parole du Christ : « Quiconque se servira de l'épée périra par l'épée.» On raconte que, pendant le cours de la traversée, le major, descendant un jour pour soigner un déporté malade, s'évanouit quand il pénétra dans la partie réservée aux prisonniers. C'est assez expliquer l'air fétide qui y régnait. Mais les conditions de ce voyage étaient, paraît-il, « confortables », comparées aux transports des condamnés de 93 ! !...

L'espérance ne perd jamais ses droits : Collot d'Herbois et Billaud-Varennes croyaient tellement être rappelés qu'ils demandèrent au capitaine « si un bateau envoyé pour les chercher « pourrait les devancer à Cayenne ! » Leur réputation les avait précédés dans la colonie pénitentiaire. On s'éloignait d'eux avec horreur. Quand ils furent à l'infirmerie, les sœurs ne les approchaient qu'en frissonnant ; quelques colons, plus courageux, venaient les visiter comme des bêtes curieuses. Les deux acolytes s'étaient fâchés à bord du navire, et Billaud disait en regardant Collot, rongé par le remords : « C'est un lâche, en somme, il n'a fait comme moi, que son devoir ! » Ainsi, ces gens considéraient les guillotinades comme leur devoir ! Mais peut-on mieux étudier cette déformation de la morale et de l'esprit humain, que ne l'a fait Anatole France dans son roman : *Les dieux ont soif ?* Il est vrai que Collot disait : « Si je n'avais adouci les « ordres du Comité de Salut-Public, j'aurais rasé « Lyon, et mis sur l'emplacement une colonne, « avec ces mots : « Ci-gît Lyon. »

Les Conventionnels furent exilés loin de Cayenne ; la populace faisait haie pour les voir passer ; Collot se cachait le visage dans sa longue redingote, bordée de rouge, comme en portaient tous les Jacobins de jadis. Quant à Billaud, il marchait tête haute, sans aucune honte, tenant sur son doigt un perroquet qu'il avait apprivoisé. « Allons-nous en, Jacquot, allons-nous en », disait-il en ricanant. La maison de celui qui osa le recevoir fut mise à l'index, et nul ne voulut en franchir le seuil.

Collot tomba presque aussitôt dangereusement malade ; on voulut le faire transporter par des nègres jusqu'à un hôpital voisin ; les porteurs le jetèrent sur le bord de la route, en plein soleil, et revinrent au village, « parce qu'il ne méritait pas qu'on s'occupât de lui. » Les menaces seules décidèrent les indigènes à revenir au chemin, pour relever le malheureux mourant.

Arrivé à l'infirmerie : « Qu'avez-vous, questionne le docteur. — Je ne sais... j'ai la fièvre, et une sueur brûlante... — Naturellement... *vous suez* le crime ! » Collot fondit en larmes...

Malgré les soins, il succomba au milieu d'atroces souffrances, appelant Dieu et la Vierge. Il demanda même un prêtre, mais il trépassa avant son arrivée. Et l'on reste saisi, malgré tous les crimes de l'homme, devant l'effroyable agonie.

Ces meneurs n'étaient-ils pas des illuminés, traçant, creusant la route sur laquelle nous marchons librement aujourd'hui ; mais coupant et tranchant au hasard, en aveugles, sans voir les douleurs qu'ils semaient ? Illuminés, ils l'étaient, pour avoir le courage, allant à Cayenne, parqués dans leur infect entrepont, sans air respirable, sans lumière, de continuer leur rêve, et de discuter le plus sérieusement du monde : « *Si les Républiques engendrent plus de grands hommes que la Monarchie, et pourquoi ?* » Ou bien encore, agiter la question du divorce ayant comme adversaire, l'abbé Thomas, curé de Saint-Claude, et qui avait connu Voltaire. Illuminés, oui, pour mettre dans ces discussions un zèle égal à celui qu'ils eussent déployé s'ils se fussent encore trouvés à la barre de la Convention, au lieu de voguer vers l'esclavage et la mort !...

Finalement, cet énorme effort pour la République, ces monstres, (légaux ou non), ce sang, ces larmes donnent un résultat qui dure à peine deux ans, et sombre avec joie dans le Directoire et l'Empire !... Sans un Bonaparte, la Nation se serait aussi bien jetée vers les Bourbons auréolés par le martyre. Car, (et c'est une des plus curieuses conséquences de cette persécution), elle a donné à ce royalisme qui se mourait de lui-même, un éclat, un relief dont il vit encore !

En réalité, il faudra un demi-siècle pour faire germer les idées ; mais, entre temps, il est venu un Corse incroyable, un Corse merveilleux, faisant à l'époque, par pauvreté « un seul repas par jour, composé de maïs et de riz », un Corse obligé de porter sa montre au Mont-de-Piété de Bourienne, comme je le disais plus haut ; un Corse si pauvre, si modeste, que ses amis l'appelaient « la petite culotte de peau », un Corse dont Junot père dit en parlant à son fils : « Pourquoi avez-vous laissé votre corps ? Pourquoi suivre ce Bonaparte ? Où a-t-il servi, personne ne connaît ça ! »

Çà... devait remuer le monde à la pointe de son épée. Çà... doit mourir aussi à Sainte-Hélène, gardé par ce même Hudson Lowe, que Joachim-Napoléon Murat avait délogé de Caprée, réputée imprenable !...

Seulement, on ne connaît jamais les grands hommes *avant...* Heureusement pour eux, car dans la crainte que leur gloire empiète sur celle des amis, on les étoufferait ! Un Jean-Jacques seul peut écrire, — prophète semble-t-il, —

« J'ai quelque pressentiment que cette petite île, (la Corse), étonnera le monde. » (1)

Mais ce ÇA..., si dédaigné par Junot père, avait le coup-d'œil de l'aigle, la force du lion, la terrible volonté du pauvre qui « veut arriver ». Joignez à cela une mémoire étonnante, faite pour lui attacher ses amis et confondre ses ennemis. M. Lombard raconte qu'au moment de la première année du Consulat, il se trouvait sans emploi, vivant de sollicitations et de promesses inutiles. Ennuyé, il se décide à partir pour la campagne, mais auparavant, tente une dernière visite aux Tuileries. Par hasard, il fut aperçu de Bonaparte qui lui dit : « Voyez de ma part le Ministre de l'Intérieur, et rapportez-moi ce qu'il vous aura dit. » Comme toutes les dispositions pour le départ de M. Lombard étaient prises, et de plus, il avait une telle indigestion de l'eau bénite de cour, qu'il partit sans voir le ministre indiqué. Revenant, au bout de plusieurs mois, et faisant à nouveau quelques démarches, M. Lombard se retrouve dans un salon en même temps que le Consul. Il se case dans l'embrasure d'une fenêtre. Bonaparte vient droit à lui et lui demande : « Eh bien ? que vous a dit le Ministre de l'Intérieur ? »

Malgré la diversion faite par l'épopée impé-

(1) *Contrat Social*, Livre II, Chapître 10.

riale, on conserva longtemps, surtout en province, le souvenir de la Terreur. Au mois de septembre 1820, les voyageurs de la diligence descendirent, pour souper, à l'auberge du *Lion d'Or*, dans une petite ville à quelques lieues de Paris. Parmi les arrivants, quatre demandent une chambre particulière, et l'hôtelier les entend avec effroi parler de libéralisme, de Constitution, de l'héroïque Espagne, de l'Assemblée Nationale, et s'échauffer contre le ministère, la noblesse, le clergé. L'aubergiste épouvanté accourt vers son épouse : « C'en est fait, nous sommes perdus, ce sont quatre factieux... — Eh ! sois donc calme, dit la femme, n'as-tu pas, jadis, porté le bonnet rouge ? — Oui, jadis, *par prudence*, mais aujourd'hui, *par prudence*, il s'agit de penser différemment. » Il demande le passeport des voyageurs et pâlit en lisant les noms de MM. Danton, Brissot, Hébert et Bazire ! La vue de quatre fantômes ne l'eut pas plus atterré. « Je les croyais guillotinés » s'exclame-t-il en montrant les papiers à sa douce moitié. Et sans écouter les objurations de son épouse, il fait quérir commissaire et gendarmes. On les introduit dans la pièce où les quatre voyageurs soupaient de fort bon appétit. Le commissaire, à son tour, visite les passe ports. « Calmez vos frayeurs, dit-il à l'hôte, ce M. Danton est un paisible propriétaire, sans rapports avec le premier ; M. Brissot est un libraire, fort honnête ; M. Hébert, un paisible avoué... »

L'aubergiste ne se calma que deux heures après le départ de la diligence...

Et c'est le cas de finir notre étude par ce jugement très juste et très profond de Lucien Arréat : « A mesure que ces temps s'éloignent « de nous, l'éclat de la Révolution s'éteint, « dans l'ombre énorme de la guillotine. » (1)

(1) Lucien Arréat, *Réflexions et Maximes.*

———

BIBLIOGRAPHIE : Journaux du temps : *Mercure, Gazette, Lettres récréatives, Galerie des Dames françaises, Le vieux Cordelier, La Quotidienne, Le vieux Tribun, La Bouche de fer, Le Messager du soir, Le Grondeur, Chronique de Paris, Tableau de Paris* (Mercier), *République des lettres, Toilette de Vénus, Le Miroir, L'Accusateur Public, Courrier de Paris, Tableaux des Prisons de Paris, Le Babillard, Nouvelles Politiques, Journal de la Cour et de la Ville,* etc., etc., etc.

Mémoires : Ange Pitou, Aussonne, Mˡˡᵉ de La Fayette, Mᵐᵉ d'Epinay, de Genlis, Bachaumont, Bezenval, etc.

Correspondance : Baron Grimm, Voltaire, etc.

Etudes sur le XVIIIᵉ *siècle :* Baron de Batz, P. de Nolhac, de Reiset, Goncourt, Houssaye, Docteur Cabanès, Franklin, etc., etc.

CHAPITRE VIII

Léonard de Vinci et La Joconde

Conférence faite par Maurice Vieuille

Mlle Marcelle Fallet, virtuose incomparable, reposa un instant les auditeurs, en interprétant sur son violon quelques pages des Maîtres célèbres.

Le vol inoubliable de la *Joconde* a remis en actualité le grand maître italien. De plus, comme il n'est jamais trop tard pour parler d'un génie et d'un chef-d'œuvre, j'ai cru pouvoir, (—peintre moi-même), — choisir ce sujet de causerie ; il n'a aucun rapport avec le XVIIIe siècle, mais pour les raisons précitées, j'espère qu'il ne sera point déplacé ici.

Léonard de Vinci naquit en 1452, à Vinci (1), petit village entre Florence et Pise. Son père se

(1) Qu'il faut prononcer « Vintchi ...» Comme le fait remarquer humoristiquement Marc Twain : « Les étrangers l'écrivent bien, mais le prononcent mal ! »

nommait *Ser Piero* (1), né en 1427 ; sa mère avait nom : Catarina. C'était une jeune paysanne qui avait plû fort à Ser Piero. Malheureusement, au lieu de régulariser cette situation, Ser Piero, — sur les instances de son père, — (et du reste ne voulant pas épouser une personne d'une condition si peu en rapport avec la sienne), abandonna Catarina et s'en fut, avec son fils.

Catarina, délaissée, rencontra un brave homme : Accattabrigha di Piero di Vaccha, simple paysan, et qui l'épousa.

Ser Piero, donc, emmenant son fils, chercha une femme digne de lui, et se maria. Cet incident lui arrivera quatre fois dans sa vie ! D'abord avec Albiera di Giovani Amadori, en 1452 ; ensuite avec Francesca di Ser Giuliano Lanfredini en 1465 ; puis avec Margherita di Francesco di Jacopo di Guglielmo en 1476 ; enfin avec Lucrezia di Guglielmo Cortigiani, peut-être vers 1490. Lui-même mourut en 1504. Il avait soixante-dix-sept ans.

Tout alla bien d'abord car il n'eut pas d'enfants de sa première ni de sa deuxième femme, de sorte que Léonard vécut heureux avec ses

_____

(1) En Italien, Ser veut dire : *Maître*. Les Notaires d'Italie s'appellent tous : *Ser un tel*. Les ancêtres de Léonard étaient presque tous notaires. L'illustre peintre, heureusement, échappa à la contagion de l'exemple !...

deux premières belles-mères. Ser Piero n'avait qu'une bien maigre situation. Quand il débuta dans le notariat, il gagnait 100 francs *par an* et eut, à la mort de son père, 400 francs de rentes ; mais comme il était actif, intelligent et travailleur il augmenta bientôt son pécule, put acquérir plusieurs maisons et devenir un gros personnage. En 1498 il était tout à fait tiré d'affaire. En 1476 il eut, de sa troisième femme, un fils. A ce moment, Léonard, âgé de vingt-quatre ans, comprenant que le bonheur était terminé pour lui à la maison paternelle, la quitta pour n'y plus revenir.

De cette troisième femme, son père eut alors, indépendamment de ce premier fils Antonio, né en 1476, un second, Ser Giuliano, en 1479 ; un troisième, Lorenzo, en 1484 ; sa fille, Volante, en 1485, et un quatrième fils, Domenico, en 1486, dont les descendants existent encore aujourd'hui. On a, en effet, découvert près de Montespertoli, à Bottinaccio, un paysan nommé Thomas Vinci, ayant, comme ses ancêtres, une nombreuse progéniture, et qui descend de Domenico, un des demi-frères de Léonard. (Ce brave homme a nommé son fils aîné : Léonardo da Vinci). De sa quatrième épouse, le père de Léonard eut encore six enfants : une fille, Margherita, née en 1491 ; et cinq fils : Benedetto, né en 1492 ; Pandolfo, né en 1494 ; Guglielmo,

né en 1496, ancêtre de Pierino da Vinci ; Bartolommeo, né en 1497 et Giovanni, quelques
années plus tard.

Dès sa naissance, Léonard était beau comme
le jour et rempli de grâce dans ses moindres
gestes. Il faisait tout ce qu'il voulait sans le
moindre effort. Son adresse et son courage
étaient prodigieux : il tordait un battant de
cloche ou un fer à cheval entre ses mains, comme
si c'eût été du plomb ; ainsi que tous les gauchers
et les Orientaux il écrivait à l'envers : de droite
à gauche. Sa bonté était immense pour tout le
monde, même pour ses serviteurs. Il aimait
beaucoup les animaux et, pour en donner un
exemple, il se plaisait à acheter des oiseaux
pour leur rendre leur liberté. On comprendra
donc facilement pourquoi il était végétarien.
Il avait une grande passion pour les chevaux
et domptait même les plus fougueux.

Léonard avait énormément d'imagination et
commençait beaucoup de choses sans les terminer de suite. Il réussissait tout ce qu'il entrepre-
nait, mais il était très capricieux. Il avait des
dispositions pour tout et c'est pourquoi il n'a
pas produit davantage en peinture. Cependant,
dès son jeune âge, ses préférences allaient au
dessin, à la peinture et à la sculpture.

Ser Piero avait pour ami un nommé Verrochio, sculpteur, orfèvre et peintre. Il eut l'idée

de lui soumettre les dessins de son fils. Verrochio, se rendant compte immédiatement, en voyant de telles dispositions, qu'il avait devant lui un artiste de grand avenir, s'en chargea sur le champ. Ceci se passait en 1470. Léonard avait alors quatorze ans.

L'apprentissage chez les maîtres pouvait durer, selon l'âge, deux, quatre ou six ans, puis on devenait compagnon et l'on était rétribué. Le compagnonnage durait encore plusieurs années, puis on devenait maître soi-même. Or, deux ans seulement après, en 1472, Léonard est inscrit sur le livre des peintres, comme peintre indépendant de la corporation.

Dans l'atelier de Verrochio, se trouvaient, avec Léonard, le Perugin et Lorenzo di Credi ; mais ce dernier, beaucoup plus jeune, était plutôt son élève que son camarade.

Andrea Verrochio, né en 1435, n'avait que dix-sept ans de plus que Léonard. Un jour, il demanda à son jeune élève de peindre un ange agenouillé dans le *Baptême du Christ*, où lui-même avait déjà peint le Christ et un autre ange. Léonard se mit à l'ouvrage, mais, au lieu que le Christ restât le personnage principal, l'ange de l'élève fut, paraît-il, si bien exécuté, que lui seul attira tous les regards. Les historiens de l'époque prétendent que Verrochio, dépité, aurait jeté ses pinceaux et aurait renoncé pour toujours à la peinture. Cela n'est pas prouvé car, bien au contraire, on peut remarquer la forte influence de Léonard dans les dernières œuvres de Verrochio, qui changea sa manière de voir, sèche et anguleuse, en y adjoignant la grâce et la souplesse des œuvres de son élève, qui devint son maître.

Chose curieuse à noter : doué de telles facultés, Léonard produisait cependant avec une extrême lenteur. Une de ses premières œuvres fut exécutée dans des circonstances assez drôles. Vasari, contemporain et historien de Léonard, raconte qu'un fermier demanda à Ser Piero da Vinci de faire décorer, à Florence, une rondache qu'il avait fabriquée du bois d'un figuier. Léonard fit tous ses efforts pour redresser l'informe masse. Puis il rêva de peindre quelque chose qui glacerait de terreur, à première vue. Il emprisonna dans une chambre où lui seul entrait, lézards, serpents, chauves-souris, et, mélangeant le tout, en tira, à l'aide de ses pinceaux, un monstre effroyable. Les corps des animaux corrompaient l'air de la pièce, mais Léonard ne s'en apercevait pas. L'œuvre achevée, il met dans un jour favorable la fameuse rondache, et court chercher son père. Ser Piero eut un sursaut d'effroi, à la grande joie du jeune peintre qui voyait ainsi son but atteint. Il fit ensuite une *Méduse*, digne pendant de cette rondache. Puis, il change de genre et fait un carton de tapisserie représentant *Adam et Eve au Paradis Terrestre*. Ces trois compositions ont disparu.

C'est à cette époque que Laurent le Magnifique donna au Maître un atelier dans son jardin. Là il compose : *L'Annonciation*, (Musée du Louvre), *L'Adoration des Mages*, (Musée des Offices à Florence). Ce tableau est inachevé. Enfin la belle étude pour le *Saint Jérôme*, (Bibliothèque du Musée de Windsor).

Vers 1482, Léonard part pour Milan, envoyé, disent les uns, par Laurent le Magnifique, pour porter un luth au duc de Milan ; parti, selon les autres, de son propre chef, avec un luth d'argent, à vingt-quatre cordes, en forme de tête de cheval, ce qui donnait au son de plus fortes vibrations. Il avait, paraît-il, confectionné lui-même cet instrument. Il chanta en improvisant et en s'accompagnant sur ce luth devant Ludovic le More et surpassa les autres musiciens, venus comme lui, pour se faire entendre.

Comme Léonard avait besoin d'un protecteur pour produire des œuvres dignes de son génie, il envoya au duc une lettre où il lui offrait ses services, tant au point de vue sculpture, peinture, qu'au point de vue architecture ou construction de machines de guerre !...

« J'ai des moyens, dit-il, de faire des ponts
« très légers et très forts, propres à être trans-

« portés facilement. Je sais, lors d'un siège,
« tarir l'eau des fossés et faire une infinité de
« machines à tête de chat (?!...). Je connais
« encore le moyen de faire des bombardes très
« commodes, et avec elles, de lancer des petites
« pierres, comme ferait la tempête... A supposer
« qu'on se trouve en mer, je dispose de beaucoup
« d'instruments très aptes à attaquer les na-
« vires. » On voit que Léonard avait une imagination fertile !... Mais, en homme sage, qui
sait que la guerre, heureusement, n'est pas
éternelle, il ajoute : « 10° En temps de paix, je
« crois pouvoir donner satisfaction complète à
« l'égal de n'importe qui, en matière d'archi-
« tecture, dans la composition des édifices tant
« publics que privés, et pour conduire les eaux
« d'un endroit à un autre.

« *Item*. J'exécuterai en sculpture, soit de
« marbre, soit de bronze ou de terre, et de même
« en peinture, n'importe quel travail à l'égal de
« n'importe quel autre... » C'est ce qui s'appelle
posséder plusieurs cordes à son arc !...

Aussitôt installé à Milan, Léonard commença
ses études de chevaux par le fameux *Cheval de
bronze* et consulta les monuments équestres de
l'Antiquité. Ce travail préalable dura peut-être
plusieurs années ; puis, vint le tour de la ma-
quette. L'ensemble de ces travaux dura dix-
sept ans, mais pendant cette période il s'occupa

également de ses dessins et inventions de machines de guerre, fortifications, etc. La statue, qui ne fut coulée qu'en plâtre, et représentait d'abord un cheval au galop emportant son cavalier, fut refaite une seconde fois, par suite de la difficulté qu'il y avait pour la fonte. C'est donc un cheval au pas, portant François Sforza, qui fut exposé le 30 novemure 1493, sous un arc de triomphe improvisé, sur la piazza del Castello, à l'occasion du mariage de Maria Bianca Sforza avec l'empereur Maximilien. On a dit que, lors de l'entrée de Louis XII à Milan, en 1499, les arbalétriers gascons avaient détruit cette œuvre magnifique et d'une si grande allure, à jamais perdue pour nous, et dont nous ne pouvons nous faire qu'une bien faible idée par les croquis de Léonard, conservés à Windsor. Mais, peut-être, est-ce à tort qu'on accuse les Français de cet acte de vandalisme, car, en 1501, Hercule d'Este, duc de Ferrare, demandait au roi de France de lui céder le modèle de cette statue qui existait encore. Entre temps, Léonard, organisateur de différentes fêtes, construisit des machineries et dessina des costumes merveilleux, ainsi que de splendides décorations.

Vers 1483 il peignit, à Milan, la *Vierge aux Rochers*, (Musée du Louvre). Ce tableau a considérablement noirci, mais parvient à émouvoir quand même ceux qui le regardent. De cette époque date aussi la *Madone Litta*, (l'Ermitage, Saint-Pétersbourg). On discute son authenticité, mais elle pourrait bien avoir été peinte par le Maître, car un dessin de Léonard, au Musée du Louvre, nous montre une étude de tête pour ce tableau. Dans cette peinture, on peut voir la Vierge tenant l'Enfant Jésus dans ses bras et le regardant avec une grande douceur, en lui offrant le sein. Derrière elle, deux fenêtres s'ouvrent sur un paysage de montagnes.

Parallèlement à ces travaux, l'artiste florentin peignit la *Cène* sur le mur du réfectoire de Sainte-Marie des Grâces, à Milan ; mais, au lieu de faire ce travail à la fresque, (c'est-à-dire avec des couleurs en poudre, délayées dans de l'eau de chaux, et appliquées sur un enduit de chaux fraîchement posé, faisant corps avec la peinture), il le peignit à l'huile, car le procédé à la fresque, (qui demande une grande rapidité d'exécution et ne permet aucune hésitation), n'allait pas du tout à son tempérament de chercheur lent et opiniâtre. Mais, par le procédé à l'huile, sa peinture était condamnée d'avance, car le support était humide et tout le monde connaît l'antipathie profonde de l'huile pour l'eau. Aussi, voyons-nous aujourd'hui cette œuvre magnifique dégradée et écaillée en mainte et mainte place.

Récemment, on a heureusement remédié à cet

état de choses en assainissant les fondations du mur et, désormais, le mal ne pourra plus guère faire de progrès. Il est vraiment regrettable qu'on n'ait pas eu cette idée géniale beaucoup plus tôt. Matteo Bandello, évêque, diplomate et auteur, donne des détails amusants sur la façon dont travaillait Léonard.

Parfois, montant dès le lever du soleil sur son échafaudage, il peignait sans arrêt, pendant des heures, oublieux des repas. Puis il restait trois ou quatre jours de suite sans toucher à *la Cène*. Ou bien il se contentait de regarder longuement les figures qu'il avait créées. Parfois, inspiration, lubie ou fantaisie, il partait de la Corte Vecchia, où il modelait sa superbe statue équestre, arrivait au Couvent des Grâces, donnait deux ou trois coups de pinceaux... et s'en allait...

Or le prieur tourmentait Léonard pour que celui-ci terminât sa peinture. Ce brave moine, peu au courant des fluctuations de l'inspiration, ne pouvait admettre que Vinci restât des journées entières sans toucher à son œuvre. Non content des observations faites à l'artiste, le prieur s'adressa au duc. Celui-ci, fort ennuyé de la commission, fait cependant venir le peintre, et lui explique très délicatement l'impatience du religieux. Léonard, sans se troubler, lui répondit « qu'il ne manquait que deux figures : « celle du Christ, presque irréalisable, et celle

« de Judas, dont le modèle était fort difficile à
« trouver, car il ne pouvait imaginer une phy-
« sionomie exprimant suffisamment la vilenie
« et la laideur ; cependant, qu'il réussirait à fixer
« ce visage... en demandant au prieur de poser
« pour lui, s'il l'impatientait encore avec ses
« remarques !... » Le bon abbé se le tint pour dit !...

Léonard arriva à terminer toutes ses figures,
mais celle du Christ resta inachevée. Analysons
maintenant cette œuvre sublime : Le Christ,
entouré de ses douze Apôtres, est assis à la table.
Le décor n'est que la prolongation, en trompe-
l'œil, du plafond et des murs du réfectoire. Au
fond, trois fenêtres s'ouvrent sur un horizon
montagneux. Le Christ a parlé : « En vérité,
l'un de vous me trahira. » Et voilà ces douze
hommes, émus et traduisant leur émotion par
des physionomies variées : étonnement, doute,
angoisse, douleur, indignation, colère, horreur.
Près de Judas, sur la table : une salière renversée.

Cette composition peint un drame poignant.
Prud'hon disait : « C'est une source intarissable
d'étude et de réflexion. La vue de ce seul tableau
suffirait à perfectionner un homme de génie. »
Il est bien difficile de se rendre compte de la
beauté de l'œuvre primitive qui a passé par tant
de vicissitudes. En 1560, Lonazzo disait déjà
qu'elle était « toute ruinée » (sic). Ensuite, des
vandales s'acharnèrent à la détruire. En 1652,

les moines percent une porte et n'hésitent pas,
pour cela, à supprimer les jambes du Christ ainsi
que celles de deux apôtres, et à clouer, au-dessus
de la tête du Christ, l'écusson de l'Empereur.
En 1726, Belloti, sous prétexte de raviver les
couleurs, repeint presque tout ; en 1770, Mazzo
gratte ce qui ne tient pas avec un « fer à cheminée » (sic). En 1796, malgré l'ordre formel
de Bonaparte, les dragons de la République font
du réfectoire leur écurie et s'amusent au jeu de
massacre, avec des briques pour boules, en prenant pour cibles les têtes des apôtres ! ! Dans
ces conditions, on peut aisément s'imaginer
dans quel piteux état se trouve aujourd'hui
la Cène. Les seules copies qui peuvent donner
une idée de l'original, sont à Londres ou à l'Ermitage, à Saint-Pétersbourg.

C'est à la même époque, entre 1497 et 1499,
que Léonard fit, sur le mur opposé à celui où il
avait peint la Cène, les portraits de Ludovic le
More avec Maximilien, son fils aîné, et de la
duchesse Béatrix avec François, leur second fils.
Ces portraits, que Vasari déclarent « véritablement divins », étaient peints à l'huile et n'existent plus. Dans la même période il fit aussi les
portraits des deux favorites de Ludovic : Cecilia
Gallerani et Lucrezia Crivelli. On s'accorde
généralement pour reconnaître dans la Belle
Ferronnière du Louvre, l'effigie de Lucrezia

Crivelli. Ce beau portrait, qui, malheureusement, est bien noirci et craquelé, et que des restaurations stupides ont alourdi, garde néanmoins quelque chose de noble et de distingué. Citons aussi les portraits de Béatrix d'Este et celui d'un homme d'une trentaine d'années. Tous deux sont à la Bibliothèque Ambroisienne. Le Maître incomparable fit encore de nombreux dessins et caricatures ; des gravures, de l'architecture, entr'autres des travaux sur les dômes, etc... Il créa, à Milan, une Académie, et fit des écrits sur les arts, tels que le *Traité de peinture*, le *Traité sur les proportions du corps humain*, et des travaux sur l'Anatomie, la Physiognomonie, etc. : Il écrivit même des poésies, des fables et, en général, tout ce qui lui passait par la tête, sur de petits carnets, qui ne le quittaient jamais, et qui, traduits aujourd'hui par M. Charles Ravaisson-Mollien, sont d'un grand intérêt pour nous.

Il s'intéressait aussi à la Philosophie. La sienne était basée sur la science expérimentale et l'analogie. M. Joséphin Péladan a écrit, à ce sujet, un ouvrage fort intéressant, d'après les manuscrits de Léonard. L'auteur de la *Joconde* était plutôt spiritualiste : il croyait en Dieu et à l'immortalité de l'âme. Il s'est occupé également de sciences occultes, de travaux mathématiques et astronomiques, mécaniques et physiques. Il part de la pratique pour arriver à la théorie, et note à mesure ses découvertes. Il fait un travail sur la percussion, la pesanteur et les forces et poids accidentels. N'oublions pas que Léonard avait créé une machine à voler, plus lourde que l'air. Il étudie aussi la botanique, la géologie et la géographie. Enfin, nous l'avons vu à la Cour des Sforza ingénieur civil et militaire ; donc, sa vie à Milan, était bien remplie.

A ce moment un événement politique trouble ses heures de travail : Ludovic le More est livré au roi de France par les Suisses, et Léonard doit chercher une autre situation et un autre protecteur ; car, si Louis XII avait été frappé par les chefs-d'œuvre du peintre, il était reparti pour la France sans plus s'inquiéter de l'artiste. Léonard s'exile à Mantoue, rencontre la marquise Isabelle d'Este, fait son portrait, (Musée du Louvre), ou plutôt il esquisse le portrait au fusain, car l'œuvre, à l'huile, ne fut jamais faite.

En 1500, nous trouvons Léonard à Venise, avec un de ses élèves, Andrea Salai ; puis de 1501 à 1514, il déambule constamment entre Florence, les villes de l'Ombrie et celles de la Romagne. Il faisait à la fois fonction de peintre et d'ingénieur militaire, cette dernière fonction pour le compte de César Borgia, au service duquel il était entré.

En 1501, à Florence, il entreprend le carton de la *Sainte Anne*, mais s'interrompt pour aller surveiller ses forts de la Romagne et en construire d'autres, avec le titre d'architecte et d'ingénieur général. Ses occupations nouvelles semblent lui faire oublier la peinture ; mais, quelque temps après, sur les sollicitations de tous, il consent à reprendre ses pinceaux.

Après la chute de César Borgia, le Maître se remet à la peinture avec ardeur. Il est appelé à prendre part à la décoration du Palais-Vieux. C'est ainsi que, dans la grande Salle du Conseil, reconstruite en 1497, Léonard est chargé de peindre un épisode de la bataille d'Anghiari, livrée par les Florentins, en 1440, à Nicolas Piccinino, général de Philippe-Marie Visconti, duc de Milan. En 1504 il commence les cartons pour ce travail. En même temps, Michel-Ange est chargé d'une autre peinture : *la Guerre de Pise*, sur le mur opposé. Voilà donc les deux grands génies en présence, et on sait quelle animosité régnait entr'eux ! En 1505 Léonard commença à s'occuper de cette peinture. Par malheur, il expérimenta, pour la première fois, une recette nouvelle d'enduit, qui ne réussit pas ; et la peinture coula ! Ce chef-d'œuvre ébauché est à jamais perdu et il n'en reste pas de trace. Découragé, il quitta Florence et se rendit à Rome ; puis, en 1506, il partit pour Milan. Comme le gonfalonier, Pierre Soderini, l'accusait d'avoir reçu de l'argent pour n'avoir pas mené à bien son travail, Léonard rassembla la somme pour la restituer : Soderini refusa. Le carton lui-même n'existe plus et ce n'est qu'à travers des copies plus ou moins fidèles qu'on peut se faire une idée de ce travail. On voyait, au premier plan, un groupe composé de quatre cavaliers se disputant un étendard flottant au vent : la lutte est acharnée, les chevaux eux-mêmes se cabrent et se mordent le poitrail. Au deuxième plan on aperçoit la mêlée furieuse qui forme fond au sujet principal. Autant qu'on peut en juger, cette composition était pleine de vie et de vérité.

Vers 1501 et parallèlement à ces travaux, Léonard commença à peindre la célèbre *Joconde* : il y travailla pendant quatre ans. Voyons d'abord qui était la *Joconde*.

C'était la femme de Francesco di Bartolommeo di Zanobi del Giocondo, lequel naquit en 1460 et mourut en 1528. Il remplit d'importantes charges publiques. C'est ainsi qu'il fut, en 1499, l'un des douze Buonomini, et, en 1512, l'un des Priori, confirmé en 1524. La famille des Giocondo était une des plus considérables de Florence. Ses membres aimaient les arts et les artistes. C'est pourquoi Francesco fit la commande à D. Puligo d'un *Saint François recevant les stigmates*, et que son fils, Bartolommeo, demanda à Antonio di Donnino Mazzieri de peindre, dans la chapelle de l'Annonciation, où reposaient les membres de sa famille, une *Histoire des Martyrs*. Un autre parent, Léonardo del Giocondo, fit l'acquisition d'une *Madone* peinte par Andrea del Sarto.

Francesco avait déjà été marié deux fois avant d'épouser Monna Lisa, en 1495. La première de ses femmes fut Camilla di Mariotto Ruccellai, dont le mariage eut lieu en 1491 ; la seconde, Tommassa di Mariotto Villani, qu'il prit pour femme en 1493. Donc, en l'espace de quatre ans, il se maria trois fois. Monna (diminutif de Madonna), naquit à Naples, mais on ignore en quelle année. On manque de renseignements sur son enfance. Sa famille se nommait Gherardini, mais on ne sait pas s'il y a un lien de parenté avec les Gherardini de Florence. Elle eut, croit-on, de Francesco, une fille, morte en 1499, et enterrée à Sainte-Marie-Nouvelle. Des trois femmes de Francesco, on ignore quelle fut la mère de Bartolommeo di Giocondo. Monna Lisa se maria, croit-on, vers vingt ans. Le tableau de Léonard fut commencé vers 1501 et achevé vers 1505. La *Joconde* pouvait donc avoir vingt-six ans quand le Maître ébaucha sa peinture, et trente ans lorsqu'il la termina. A partir de cette époque, on ne sait pas ce qu'est devenue Monna Lisa, et, sans ce chef-d'œuvre

immortel, personne n'aurait jamais parlé d'elle !
On ne connaît que peu d'études pour la *Joconde*,
mais les poses sont des plus variées.

Ainsi, il y a, dans la Bibliothèque de Windsor,
une belle sanguine dans laquelle on voit deux
mains l'une sur l'autre, et une main seule, d'une
exécution un peu sèche, qui sont loin d'avoir
l'enveloppement des mains parfaites de la peinture que nous connaissons. A Chantilly, un portrait de femme assise est attribué à Léonard.
Dans ce carton, dont l'authenticité est douteuse,
nous voyons encore la *Joconde* nue, à mi-corps,
avec les mains dans la même position que dans
la sanguine de Windsor.

Mais revenons à l'admirable peinture, toujours
présente à l'esprit de chacun, bien que nos regards ne puissent plus la contempler. Il faut,
d'abord, savoir que le portrait était naturelle·
ment encadré par un soubassement, et deux
colonnes qu'on distingue difficilement aujour-
d'hui. Ces détails ont noirci et se voient à peine,
mais on les remarque dans d'anciennes copies
et dans la belle gravure que François Gaillard
n'a, malheureusement, pas terminée. On voit,
par ce qui précède, que Léonard aimait l'antiquité. Malheureusement, le cadre de la *Joconde*,
ridiculement étroit, cachait les deux colonnes
et une partie de la peinture. L'exécution de cette
œuvre est admirable en tous points. Léonard,

(c'était là une de ses préoccupations), a donné une impression de relief extraordinaire qui frise le trompe-l'œil.

Dans le paysage de rêve qui constitue le fond du tableau, on remarque des rochers, une route et un pont. Léonard a trouvé, dans la nature, des formes qui l'ont séduit, et, en les modifiant à l'aide de son imagination, en les interprétant, a créé de toutes pièces ces paysages de féerie qui font voir l'irréel de ses conceptions. Il voulait, malgré tout, se servir d'éléments naturels pour que son œuvre soit compréhensible et parle à l'esprit en passant par les sens, mais cherchait à leur donner un caractère mystérieux et fantastique, pour exciter davantage la curiosité du spectateur.

A toutes les époques, on a épuisé les formules de l'admiration devant ce portrait. Nos contemporains disent que les moindres détails étaient respectés et travaillés avec une précision extraordinaire : « Les yeux ont ce brillant, cette humi-
« dité que l'on observe toujours pendant la vie ;
« les cils qui les bordent sont exécutés avec une
« excessive délicatesse ; les sourcils, *leur inser-*
« *tion dans la chair,* leur épaisseur plus ou moins
« prononcée, leur courbure suivant les pores
« de la peau ne pouvaient être mieux rendus.
« Au creux de la gorge, un observateur attentif
« surprendrait le battement de l'artère. Enfin il

« faut avouer que cette figure est d'une exécu-
« tion à faire trembler et reculer l'artiste le
« plus habile du monde, qui voudrait l'imi-
« ter. » (1)

On rechercherait vainement aujourd'hui, dans
la *Joconde*, la fraîcheur de tons dont parle
Vasari ; mais, ce qui reste, c'est le magnifique
effet de clair-obscur. Ce mode d'éclairage violent, opposé à des ombres noyant la réalité
ambiante, et qu'on remarquera plus tard dans
Rembrandt, a donc été réellement innové par
Léonard. Dans le *Précurseur* on voit encore
l'application remarquable de ce procédé. Les
colorations roses du visage de la *Joconde* ont
disparu parce qu'elles étaient obtenues à l'aide
de laques de garance, mélangées aux blancs qui
les ont absorbées. Les ombres faites en grisaille
avec du noir et des terres solides, ne sont pas
altérées et paraissent aujourd'hui trop foncées
pour les lumières qui sont décolorées. Actuellement, en faisant abstraction du vernis qui a
jauni, la *Joconde* aurait l'air d'une anémique
au clair de lune. Quant aux mains, qui étaient
peintes avec de l'ocre rouge, elles sont toujours
aussi colorées, car cette matière est solide.
Léonard avait remarqué que les mains sont
moins fraîches de carnation que le visage ;

(1) Georges Vasari.

aussi n'avait-il pas voulu se servir de garance pour les colorer. On peut voir sur les lèvres de la *Joconde* de la laque de garance plus épaisse, qui a moins passé par conséquent, et laissé des traces violacées, encore visibles.

On sait que Léonard avait une prédilection pour la peinture et lui accordait une supériorité sur la poésie. Il s'exprime, lui-même, en ces termes, dans son *Traité de Peinture* : « Quel « poète, ô amant, peut faire revivre ton idole « devant toi avec autant de vérité que le « peintre ? » S'il pensait à la *Joconde*, nous partageons tout à fait son opinion. François Iᵉʳ paya la *Joconde* quatre mille écus d'or, ce qui correspond à deux cent mille francs de notre monnaie. C'était, évidemment, une somme énorme pour l'époque. Il paraît qu'un amateur, (américain, je crois), a offert, de nos jours, quatre millions pour posséder ce chef-d'œuvre. A l'époque où vivait Vasari, ce portrait, ainsi qu'il nous le raconte, se trouvait chez le roi de France, à Fontainebleau ; il y resta jusque sous Louis XIV. Ensuite il partit pour Versailles, et enfin, sous la Révolution, il prit le chemin du Louvre.

Vasari, ainsi que nous pouvons le remarquer, dit que le portrait est inachevé ; aussi est-il permis de se demander quel était l'idéal de Léonard, pour qu'un chef-d'œuvre semblable ne soit pas arrivé à le satisfaire. Mais c'est le propre du génie de rêver l'impossible, et de placer son but si haut qu'il semble s'éloigner sans cesse à mesure qu'on s'en rapproche !... Les restaurateurs maladroits ont fait plus de mal que le temps à ce panneau qu'ils ont verni à outrance, puis déverni. En agissant ainsi, ils ont enlevé, sans y prendre garde, les glacis superficiels dans lesquels se trouvaient les cils, les sourcils et toutes les finesses du modelé, tous les passages d'ombres aux lumières ; c'est pourquoi on ne voit plus, à la loupe, que quelques cils, ainsi que leur ombre portée sur le coin de la paupière inférieure.

Il est prouvé que, pendant les quatre années que dura son travail, le Maître glaçait sans cesse sa peinture ; donc toutes ces retouches qui étaient en surface, ont été enlevées par le dévernissage sacrilège. Quant aux craquelures, peut-être sera-t-on curieux de savoir par quoi elles sont produites ? Léonard avait choisi pour peindre cette figure, un beau panneau bien poli, en bois de tilleul, qu'il avait préparé lui-même ; mais la couche de colle qu'il appliqua était un peu trop épaisse. Lorsqu'elle lui parut sèche, il commença à peindre ; or l'enduit avait séché plus en surface qu'en profondeur ; aussi, à la longue, entraîna-t-il un peu de la peinture qu'il supportait. Léonard s'était aussi préoccupé du costume de sa belle, et nous voyons qu'il l'habille comme une madone, au lieu de suivre la mode florentine de 1506.

Quant au « sourire », il se jouait inconsciemment sur les lèvres du beau modèle, parce que le peintre avait eu l'heureuse idée de l'entourer, — durant le temps des poses, — de musiciens, de chanteurs et de bouffons, pour entretenir Monna dans une atmosphère de douce gaieté.

Au sujet de la *Joconde*, sphinx mystérieux, on ne saurait trop lire les opinions si belles et si frémissantes d'enthousiasme de Pierre de Corlay, Théophile Gautier, Lonnazzo, Gabriel Séailles, et surtout du grand Maître Joséphin Péladan : « Je sais tout, dirait Monna Lisa, je « suis sereine et sans désir, et cependant ma « mission réside à distribuer le désir. Du Vinci « je manifeste son âme qui ne se fixa jamais, « parce qu'elle voyait trop haut et trop profond. « Je suis celle qui n'aime pas, parce que je suis « celle qui pense. » (1)

Permettez-moi de vous faire connaître mon avis personnel sur ce chef-d'œuvre, c'est-à-dire ma manière de le comprendre. D'abord cette femme n'est pas une femme ordinaire, car son regard fait pressentir un cerveau masculin. Dans son *Traité de Peinture*, Léonard recom-

---

(1) Joséphin Péladan.

mande de peindre du dedans au dehors, de manière que les traits du visage ne soient que le repoussé psychique de l'âme. En mettant cette théorie en pratique, on s'aperçoit que ce front dénote une grande intelligence ; ce regard, une intellectualité profonde ; ce nez, une distinction parfaite ; quant à cette bouche, elle est loin d'être voluptueuse. La poitrine, peu développée, n'a rien non plus de féminin ; quant à l'attitude générale, elle est celle d'une personne de bon rang ; les mains sont moins enveloppées que des mains de femme et les poignets ne sont pas d'une finesse extrême. D'après l'ensemble de ces observations, il y a donc tout lieu de croire que Léonard a voulu, non pas faire un portrait ordinaire, mais créer une figure chimérique. N'oublions pas qu'en général les personnages de ses tableaux sont androgynes ; pourquoi, cette fois aurait-il voulu renoncer à son idéal ? Peut-être Monna Lisa l'a-t-elle séduit précisément parce qu'elle entrait dans la catégorie de ces créatures extraordinaires, ne ressemblant en aucune façon à celles qu'on a coutume de rencontrer ?...

Mais, plus sûrement, cette femme, telle qu'il l'a peinte, n'existait pas. C'est sa mentalité de génie que l'artiste a exprimée dans ce visage de femme. Sous l'apparence de Monna Lisa se cache le portrait spirituel de Léonard. Cette figure n'a donc, à mon avis, jamais été ressemblante. Je me rends compte de la raison pour laquelle le Maître a travaillé pendant quatre années à la poursuite d'une telle chimère, femme par le bas du visage, homme par le haut. Ce regard, c'est celui du Vinci ; et voilà pourquoi cette œuvre sublime vivra éternellement dans nos esprits. Qu'elle soit partie au bout du monde ou même complètement détruite, elle existera quand même, elle rayonnera quand même, parce que le génie ne meurt jamais !...

Nous voici aux dernières années du Maître. A la fin de son séjour à Florence il dessina le *Triomphe de Neptune* pour Antonio Segui, l'un de ses amis. (Une partie de ce dessin est à Windsor). En même temps, il peignait sa *Léda*, aujourd'hui perdue, sans qu'on ait jamais su ce qu'elle était devenue. On sait seulement qu'elle se trouva pendant une période, à Fontainebleau, avec la *Joconde*.

On voit encore à la Bibliothèque de Windsor quatre dessins, (et, entr'autres, une étude de coiffure recherchée, composée de nattes d'une complication inouïe, qui s'entrelacent en tous sens), ayant trait à ce tableau perdu, dont il existe, d'ailleurs, plusieurs copies plus ou moins fidèles.

On en connaît six : celle de la Galerie Borghèse, à Rome ; celle du Musée de Milan ; celle de la collection de Madame la baronne de

Ruble ; celle de Madame Oppler, à Hanovre ; celle de la Galerie de Grosvenor Club, à Londres ; et enfin celle de la collection Dœtsch.

En 1625, le commandeur Cassiano del Pozzo, ami de Poussin et de Rubens, en visitant Fontainebleau, remarqua la *Léda* de Léonard. La favorite de Jupiter était représentée debout, presque nue ; à ses côtés, sur le sol, se voyaient deux œufs, d'où sortaient quatre jumeaux. Un paysage d'un grand fini encadrait le sujet principal. Le panneau se composait de trois planches disjointes.

Dans la copie de Madame la baronne de Ruble, qui est peut-être une des moins fantaisistes, on voit la *Léda*, debout, entièrement nue, (déjà une variante), dans une position hanchée très souple, tenant par le cou le cygne qui l'enveloppe de son aile droite et lève la tête vers elle. Baissant chastement les yeux, elle semble regarder à terre les quatre jumeaux qui, sortis de deux œufs, se roulent déjà sur l'herbe. Un paysage mystérieux fait le fond du tableau. A gauche, un morceau d'architecture se détache sur une colline où l'on voit quelques maisons ; à droite se trouve un lac avec des roseaux, et, au premier plan, poussent des fleurettes que l'artiste a traitées avec un soin extrême.

Ce sujet, plutôt scabreux, a été traité par Léonard avec un grand souci de le rendre chaste et pudique. La pose est fort gracieuse et l'ensemble très bien composé.

A cette époque, Léonard, délaissant un peu la peinture, se contente, raconte Vasari, de donner des conseils à Rustici, à Bandellini et à Jacopodi Pontormo. Il fait beaucoup de géométrie, rédige ses notes et les remet en ordre. Il écrit le *Traité du Vol des oiseaux* du 14 mars au 15 avril 1505, car il voulait construire une machine à voler plus lourde que l'air, de laquelle il s'occupa d'ailleurs, pendant très longtemps. S'il revenait de nos jours, quelle ne serait pas sa joie de voir et d'admirer les vols si audacieux de nos plus intrépides aviateurs !...

En 1504, ayant eu de grands ennuis au sujet de l'héritage de son père, avec ses frères et sœurs qui lui reprochaient l'illégitimité de sa naissance, il dut recourir aux tribunaux et perdre un temps précieux à faire antichambre pour se faire rendre justice. On se représente difficilement Léonard obligé de subir toutes ces formalités, comme un simple mortel. En 1507, nous le revoyons encore à Florence pour le même motif.

Les œuvres que l'artiste conçut entre 1506 et 1507 ont complètement disparu, et les historiens de l'époque n'en parlent même pas. Il est cependant fait mention d'un tableau donné par Léonard de Vinci à Louis XII, en 1506 ; il se peut que ce tableau soit la *Vierge aux Balances* du Louvre ou la *Sainte Famille* de l'Ermitage, quoique l'authenticité de ces deux œuvres soit douteuse et très discutée. La *Sainte Famille*, dans laquelle on ne retrouve pas la force du Maître, est attribuée par certains à César da Sesto. La *Vierge aux Balances*, qui diffère complètement du précédent comme facture, est attribuée tantôt à Marco d'Oggione, tantôt à Andréa Salai. Je ne fais que citer les esquisses : *Saint Georges terrassant le Dragon*, le *Christ aux Limbes*, la *Vierge au Chat*, toutes à Windsor.

En 1506, le Maître quitte Florence et se rend à Milan. C'est à ce moment qu'il peint le *Bacchus* que nous conservons au Louvre et auquel on suppose que Marco d'Oggione a travaillé.

Certains critiques s'accordent pour dire que Léonard l'a dessiné et qu'un élève l'a peint. Il paraîtrait que ce *Bacchus* avait été primitivement un *Saint Jean!...* (1)

Nous savons que Léonard était un grand symboliste ; aussi allons-nous essayer d'analyser le *Bacchus* à ce point de vue, d'après l'intéressant essai de Monsieur Paul Vulliaud. Léonard a représenté le dieu sans barbe, l'adolescence étant l'emblème du printemps, et on sait que chez les Grecs le printemps symbolisait un des

(1) René Ménard.

quatre âges de la vie universelle. Quant aux cheveux, tombant en boucles épaisses sur les épaules, ils indiquent que Bacchus était androgyne.

Il se détache sur un fond d'arbres et de paysage, parce qu'on l'adorait dans les forêts. La couronne de lierre, sur sa tête, est le symbole de la perpétuité de la vie, et la peau de chevreuil qui l'entoure, celui du temps, (le Temps était une divinité éleusinienne). L'index de la main gauche se dirige vers la terre, c'est-à-dire vers l'antre des mystères. Le cerf, symbole de la régénération spirituelle, est l'ennemi du serpent, ce qui signifie l'aspiration à la vie éternelle et la vie qui se renouvelle : (les bois du cerf tombent et repoussent) ; c'est aussi le symbole de Jésus-Christ ; l'ours est également un symbole de régénération. L'ancolie des Alpes, dont une touffe se voit au premier plan, est une fleur de sexe androgyne ; toute l'école de Léonard l'a employée ; c'est le symbole de l'union de la nature divine et de la nature humaine. Malgré toute cette recherche, l'œuvre n'est pas supérieure ; aussi, tout porte à croire que, si Léonard est l'auteur de cette composition qui se trouvait à Fontainebleau en 1625, il n'a pas travaillé beaucoup à la peinture.

Le 1er mai 1509, Louis XII fait sa deuxième entrée triomphale à Milan, et y reste huit jours.

Léonard s'occupe, à cette occasion, de faire des préparatifs de fête. Le 1er juillet de la même année, Louis XII revient à Milan, et, cette fois, les fêtes sont encore beaucoup plus somptueuses, et c'est toujours Léonard qui en est l'organisateur. Pendant les années 1509 et 1510, cet artiste retourne encore plusieurs fois à Florence, au sujet de son héritage, mais il finit par avoir gain de cause. Entre temps, il peint aussi deux Madones dont il ne reste pas de trace aujourd'hui. En 1512 a lieu l'entrée solennelle à Milan de Maximilien Sforza, fils de Ludovic le More, l'ancien protecteur de Léonard, que l'artiste avait, on s'en souvient, abandonné pour entrer au service de César Borgia. Le Maître ne pouvant pas, décemment, rester à Milan, part pour Rome et demande à Léon X sa protection. Ce dernier commande son portrait à Léonard ; mais celui-ci commence par distiller des herbes et des huiles pour trouver la composition du vernis destiné à ce tableau. Comme on rapporte la chose au pape, celui-ci s'écrie, ainsi que le dit Vasari : « Hélas ! cet homme-là ne fera rien, car « il commence à s'occuper de l'achèvement de « son ouvrage, avant de s'occuper de son com- « mencement. » En effet, il ne fit jamais ce portrait.

Léonard peignit alors, pour un dataire du pape, nommé Baldassare Turini, de Pescia, une

Vierge tenant l'enfant sous les bras ; mais ce tableau, par suite d'une préparation défectueuse, fut vite altéré. Il fit aussi un tableau représentant un enfant qui, au dire de Vasari, « était beau et gracieux à ravir ». Ces deux peintures n'existent plus. A cette époque, nous voyons l'artiste, occupé à Rome, à la frappe des monnaies et étudiant les huiles, les vernis et l'optique. Dans cette branche, nous allons voir que c'est à lui que revient l'honneur d'avoir trouvé le principe même de la chambre noire qui devait, par la suite, donner lieu à la découverte de la photographie. Aristote avait déjà, il est vrai, remarqué qu'en pratiquant un trou carré dans une persienne close, la lumière projetée dans la chambre dessinait un cercle sur le mur opposé ; mais il se borna à rechercher simplement la cause de cette anomalie. Dix-huit siècles plus tard, la question étant au même point, Léonard découvre que, se trouvant dans une pièce obscure, dans les volets de laquelle est pratiquée une petite ouverture ronde, on voit, sur la cloison en regard, le dessin renversé du paysage. Mais il faudra attendre encore près d'un siècle, pour que Cardan d'abord, Porta ensuite, perfectionnent, par l'addition d'une lentille et la création d'une chambre noire portative, la belle invention du grand génie.

En 1515, après la victoire de Marignan, Léonard, retourna à Milan pour saluer François Ier vainqueur. Il construisit, à Pavie, un lion mécanique qui, s'ouvrant après avoir fait plusieurs pas, couvrit de fleurs de lis les pieds du roi de France. On voit, par ce trait, que Léonard savait être courtisan, à l'occasion. A partir de ce moment l'artiste ne quitte plus François Ier et, en 1516, âgé de soixante-quatre ans, il franchit les Alpes avec le jeune conquérant qui l'appelle « Mon père » et lui assure, comme revenu, sept cents écus, environ trente-cinq mille francs de notre monnaie. D'après Benvenuto Cellini : « Le Roi affirmait que jamais homme « n'était venu au monde sachant autant que « Léonard, et cela, non pas seulement en « matière de sculpture, de peinture et d'archi- « tecture, mais qu'il était encore un très grand « philosophe. »

Le Roi installa Léonard dans le petit manoir appelé Cloux, qui existe encore aujourd'hui, et qui est situé entre le château et la ville d'Amboise. A l'occasion du baptême du Dauphin et du mariage de Lorenzo de Médicis d'Urbino avec la fille du duc de Bourbon, Léonard organisa de superbes fêtes. Selon son habitude, à la fois peintre, architecte, décorateur et machiniste, il fit des merveilles. Il voulait aussi reconstruire un palais à Amboise et faire un « canal assai- « nissant la Sologne, régularisant le cours de

« la Loire, et rapprochant l'Italie du cœur de
« la France ».

En 1516, le 10 octobre, le cardinal d'Aragon,
fils naturel du Roi de Naples, Ferdinand Iᵉʳ,
accompagné de sa suite, rendit visite au vieux
Maître. Une paralysie, survenue à la main droite,
l'empêche de créer, comme jadis. Mais il forme
des élèves et peut encore faire quelques dessins.
Pour se distraire, il fait des études d'anatomie,
écrit plusieurs traités sur différents sujets. Le
Saint Jean est la dernière œuvre de Léonard. Il
peignit ce tableau de la main gauche, car la
droite était déjà paralysée, mais cela ne dut pas
être d'une grande difficulté pour lui, puisque
nous avons vu qu'il était gaucher. On suppose
qu'il se servit d'un modèle femme pour peindre
ce personnage androgyne. Saint Jean tient à
la main une croix, et son doigt levé montre le
ciel ; ses cheveux sont bouclés et il est à moitié
vêtu d'une peau de bête. Aussitôt que le *Saint
Jean-Baptiste* fut terminé, il entra dans la collection de François Iᵉʳ ; Louis XIII l'offrit plus
tard à Charles Iᵉʳ d'Angleterre, en échange de
l'*Erasme* d'Holbein et d'une *Sainte Famille* du
Titien. A la vente de Charles Iᵉʳ, le *Saint Jean*
fut acheté par Jabach, pour la somme dérisoire
de cent quarante livres sterling et cédé par le
célèbre banquier à Louis XIV. Depuis cette
époque, il n'a pas quitté notre collection royale,

et, de Versailles, est venu au Louvre, en compagnie de la *Joconde*, de la *Sainte Anne* et des autres œuvres du Maître.

Ce tableau, duquel un grand mystère se dégage, représente saint Jean encore jeune et plein d'illusions, au moment de son départ pour le désert. Il y a dans cette œuvre, merveilleusement modelée et dessinée, une douceur et une expression intraduisibles. Cette figure, fortement éclairée sur un fond complètement sombre, dont le caractère abstrait était voulu, et avec lequel les ombres font corps, est tout à fait saisissante. C'est le triomphe du clair-obscur admirablement appliqué. « La lumière luit dans « les ténèbres et les ténèbres ne l'ont pas com- « prise », lit-on dans l'Evangile selon saint Jean, et le Maître s'en est souvenu. Le *Saint Jean* est l'annonciateur du Verbe : le Verbe est beau ; aussi Léonard a-t-il choisi la forme androgyne qui est la plus belle. Ce *Saint Jean*, c'est la matière spiritualisée ou l'Esprit corporisé. Le sourire du *Saint Jean* est un sourire d'espérance.

Là encore il faut lire les extraordinaires études de Monsieur Joséphin Péladan : « Les « imbéciles traduiront ma moue singulière par « le scepticisme..., (cette ignorance)... et je sais... « je suis le plus savant des Saints... » (1) Mon-

(1) Joséphin Peladan.

sieur Joséphin Péladan a raison : quelle suavité dans ce sourire et comment certains critiques peuvent-ils le trouver voluptueux ! Quelle admirable façon de modeler les formes et de rendre le mystère ! Ce tableau, ce n'est plus de la peinture, c'est presque une œuvre littéraire. Cette figure est la matérialisation vivante de l'âme d'élite de saint Jean. Ne croirait-on pas qu'il va vous parler, en langage ésotérique, pour vous entraîner dans les sphères supra-terrestres, sphères de beauté et d'amour divin qui vous attirent invinciblement ? Oh ! ce geste, comme il est évocateur ! et comme le Maître sait bien, sans légende, exprimer ce qu'il veut, rien que par ce doigt levé, et cette physionomie doucement souriante !... Le Précurseur, c'est le chant du Cygne florentin ; il a résumé, dans cette œuvre, tout ce qu'il pensait ; et c'étaient des idées de génie, des pensées de demi-dieu ! C'est le dernier mot de l'art et jamais on ne pourra dépasser ce sommet. La *Joconde* nous est ravie, mais le *Saint Jean* nous reste, heureusement, qui dit plus qu'elle, car il n'est pas que spirituel : il est divin.

Après l'accomplissement de ce chef-d'œuvre, Léonard n'ayant plus rien à exprimer avant de mourir, et ne pouvant, d'ailleurs, produire quelque chose de mieux, sentant que sa tâche était remplie et que la paralysie le gagnait, dicta, huit jours avant sa mort, son testament à Maître Boreau, notaire à Amboise. Voici quelques extraits de ce document, trop long à citer dans son entier :

« *Item*, ledit testateur veut être enseveli dans
« l'église Saint-Florentin d'Amboise, et que son
« corps soit porté là par les chapelains de cette
« église.

« *Item*, le (susdit) testateur donne et accorde
« à perpétuité, pour toujours, à Baptiste de
« Villanis, son serviteur, la moitié d'un jardin
« situé hors des murs de Milan, et l'autre moitié
« de ce jardin à Salay, son serviteur.

« *Item*, le susdit testateur donne et accorde
« à Mathurine, sa servante, une robe en bon
« drap noir, doublée de fourrure ; un manteau
« de drap. et deux ducats, payables une fois
« seulement, et cela en reconnaissance des bons
« services à lui rendus par la susdite Mathurine.

« (*Item*), il veut qu'à ses obsèques il y ait
« soixante cierges, lesquels seront portés par
« soixante pauvres, auxquels il sera distribué
« de l'argent pour les avoir portés ;

« *Item*, qu'il soit donné aux pauvres de
« l'Hôtel-Dieu, aux pauvres de Saint-Lazare
« d'Amboise, et pour ce faire qu'il soit donné
« et payé aux trésoriers de ces Confréries la
« somme et quantité de soixante-dix sous
« tournois.

« *Item*, le susdit testateur donne et accorde
« audit Messire François de Melzo, présent et
« acceptant, le reste de sa pension et des sommes
« d'argent qui lui sont dues, par le passé jusqu'au
« jour de sa mort, par le receveur ou trésorier
« général, Mr Jehan Sapin. »

Et il y en a ainsi et des pages et des pages et
des pages... Je vous fais grâce... Léonard fut
malade de longs mois. Très pieux, il se confessa
et voulut absolument communier hors de son
lit, quoiqu'il fut si faible qu'il fallait le soutenir
à chaque pas. Ce jour-là, François Ier, qui venait
souvent le voir, arriva après la cérémonie faite ;
par déférence, Léonard se dressa sur son lit ; il
conta au Roi, avec des larmes de regret « com-
« bien il avait offensé Dieu en ne faisant pas de
« son art l'usage qu'il convenait. » (1) Puis,
comme il se plaignait au souverain de sa maladie, il fut secoué par un premier spasme d'agonie.
Le Roi prit les mains du grand artiste, pour
essayer d'apaiser ses souffrances par ce témoi-
gnage d'affection, et Léonard expira dans les
bras du royal visiteur, le 2 mai 1519, à l'âge de
soixante-sept ans. Ainsi l'âme de ce grand
génie retourna à la source...

Voici ce qu'on lit sur un vieux parchemin
découvert par Monsieur Harduin, dans l'église

_____

(1) **Vasari.**

Saint-Florentin : « Fut inhumé, dans le cloistre
« de cette église, M⁰ Léonard de Vincy, nosble
« milanais, premier peintre et ingénieur et
« architecte du Roy, meschasnischien d'estat
« et anchien directeur de peincture du Duc de
« Milan. Ce fut faict le douc⁰ jour d'aoust 1519. »

Ce ne sont pas les révolutionnaires de 1789,
mais bien l'ex-consul provisoire, Roger Ducos,
qui rasa cette chapelle en 1808. Ce vandale n'hésita pas à agir de la sorte pour donner au jardin
qui entourait sa demeure plus de symétrie !...
En 1869, le gouvernement fit pratiquer des
fouilles en cet endroit pour recueillir les ossements du grand Florentin et les fit transporter
dans la chapelle de Saint-Hubert, où ils sont
encore, mêlés à des restes inconnus. A notre
époque, où tant de monuments s'élèvent pour
glorifier des hommes plus ou moins célèbres, on
se demande comment personne n'a pensé à
Léonard de Vinci !... Pourquoi n'a-t-on pas
ouvert, depuis longtemps, une souscription
nationale pour honorer dignement la mémoire
d'un pareil génie ?...

Léonard fit plusieurs portraits de lui-même.
L'une de ces effigies est à Windsor ; c'est une
sanguine dans laquelle l'artiste, âgé de cinquante
cinq ans environ, est représenté de profil, avec
les cheveux tombant en boucles sur ses épaules,
et la longue barbe toute ondulée ; les traits sont

réguliers et la moustache est coupée en brosse. Le nez est droit, le front un peu dégarni, mais on sent dans ce portrait la préoccupation du dessinateur qui s'observe attentivement dans la glace. (Ce portrait est sans doute celui que Vinci donna à Melzi, son élève et ami). Un autre portrait, de face, est dans la Bibliothèque du Roi, à Turin. Là, Léonard paraît avoir soixante-quatre ans ; le front est découvert, les rides font leur apparition, le nez devient aquilin, la bouche est amère et les cheveux et la barbe sont hirsutes. Dans ce portrait, Léonard donne l'impression majestueuse d'un lion vieillissant, mais toujours fier. Il est certain que ce deuxième portrait a été fait en France, et de la main gauche, ainsi que l'indique le sens des hachures. On voit, à Venise, une copie de cette belle sanguine. A Windsor se trouvent encore d'autres portraits du Maître, entr'autres celui où, déjà vieux, il est représenté coiffé d'une sorte de casque. Ce dessin lui est attribué ainsi que celui d'un vieillard assis au bord de la mer et contemplant les vagues ; de même, celui qui est de profil avec des cheveux nattés, un nez régulier et une expression sarcastique.

Léonard eut pour élèves : Salai, Francesco Melzi, Boltraffio, Marco d'Oggione, Giampietrino, peut-être aussi Francesco Napoletano et Lorenzo Lotto. Il inspira Ambrogio de Predi et

Bernardino dei Conti, Andrea Solario, Cesare da Sesto, le miniaturiste Fra Antonio da Monza, Gaudenzio Ferrari et surtout le Sodoma et Bernardino Luini.

Voyons, en terminant, quel était l'idéal du grand artiste dont Rubens a dit : « Léonard, « par la force de son imagination aussi bien que « par la solidité de son jugement, élevait les « choses divines par les humaines, et ne laissait « rien échapper de ce qui pouvait convenir à « l'expression de ses sujets. » C'est, en effet, dans la nature, que Léonard trouve son inspiration, car il l'étudie en observateur constant et attentif ; aussi, lorsqu'il crée des chimères, c'est toujours à l'aide de formes naturelles, logiques et faciles à comprendre. Ses tableaux sont un mélange d'observation et de fantaisie, de recherche et d'émotion, de réalité et d'abstraction ; il analyse d'abord ce qu'il voit pour faire ensuite une synthèse plus forte. Connaissant les intentions de la nature, il les exagère afin de les rendre plus visibles aux humains. Dans son œuvre, on trouve plus d'harmonie que dans les œuvres antiques, ce qui ne nuit d'ailleurs pas aux proportions admirables de ses personnages. Léonard est un symboliste, ainsi que nous l'avons vu déjà ; on en trouve la preuve à chaque instant, dans les moindres détails de ses peintures ; mais il ne verse pas, pour cela, dans la littérature, et reste bien dans le domaine réservé à la peinture. Il veut peindre la beauté de l'âme, la subtilité et la paix intérieure. Son modelé exprime, avant tout, la pensée ; car, par la physionomie, il rend l'âme visible et fait ce que j'appellerai du réalisme psychologique. Ses figures, même au repos, expriment quelque chose d'abstrait rien que par l'expression et sans le secours des gestes ; mais il possède aussi la science du mouvement dans ses personnages agissants auxquels il communique beaucoup de vie et, grâce à l'intervention du clair-obscur, il a réussi à donner une très grande intensité à son œuvre.

Léonard a créé un type très particulier de la Madone, qui influencera, par la suite, beaucoup d'autres artistes, et auquel il a su donner un sourire exquis et gracieux qui enchante. Après avoir idéalisé la femme, il se mit à la recherche de l'androgyne, c'est-à-dire de la beauté confondue des deux sexes, pour en extraire, uniquement, la forme angélique ; car, selon lui, l'ange est androgyne. Son œuvre dernière, le *Saint Jean*, résume l'effort suprême pour réaliser l'idéal à la poursuite duquel il a consacré toute sa vie.

Doué d'une originalité et d'une personnalité extraordinaires, Léonard avait aussi le cœur excellent et l'imagination des plus vives. A la fois artiste, savant, moraliste et penseur, il fut le génie le plus universel et le plus grand peintre de son temps, et eut une influence considérable sur les artistes de son époque et des époques suivantes. Il m'est agréable de penser que son esprit immortel plane encore au-dessus de nous ; c'est lui l'inspirateur des rares artistes qui savent résister, de nos jours, à la gloire trop facilement acquise, et qui veulent, s'adonnant de tout leur cœur, de toutes leurs forces, à l'Idéal véritable, être les serviteurs de la Beauté !...

———

BIBLIOGRAPHIE : Joséphin Péladan, Eugène Muntz, Gabriel Séailles, Roger Peyre, Salomon Reinach, F. Trawinski et Ch. Gallorun, Paul Vulliaud, Ch. Moreau-Vauthier et *Musée d'Art* (Direction Eugène Muntz).

TABLE DES MATIÈRES

IMPRIMERIE DES ÉDITIONS PRESSE FRANÇAISE

Editions Presse Française

12, Rue Servandoni, PARIS VI° — Téléphone : Gobelins, 44-69

DERNIÈRES PUBLICATIONS

Lya BERGER. La Voix des Frontières (Roman)......	3 50
Jacques BONZON, Avocat à la Cour, Directeur de " La Liberté d'Opinion "	
Faut-il un nouveau Concordat ? 1 vol. in-16.	2 »
— La lutte sociale dans le Prétoire, 1 vol. in-8°	3 50
G. ESPÉ DE METZ, ..70. Cinq tableaux de la Guerre	
Préface d'Edmond de Christmas (Nouvelle édition)	3 50
Lucien FEBVRE, Professeur à la Faculté des Lettres de Dijon. Les	
Granvelle. Une vieille Famille Comtoise. Une	
broch. in-8°...................................	0 50
Philippe GERFAUT. Les Comédies du Cœur (3e série)	
Les Petits Hypocrites. L'Engouement......	2 50
— Pensées d'adieu.........................	1 50
A. DE NOSSY. Moyens infaillibles de devenir riche	1 50
SAINT-HELME. XVIIIe Siècle et Directoire, 1 vol. in-16	3 50
Maurice SIMARD. Le Péché de Manon (Poème). Une	
plaquette,....................................	0 75
Gustave TILLIE. Guide pratique d'Edition à l'usage	
des Auteurs (Nouvelle édition revue et	
corrigée)	2 »
— Complément au Guide d'Edition (Editeurs	
contre Auteurs).......................	2 »
— Comment on Corrige les Epreuves (A l'usage	
des jeunes auteurs). Une planche.......	0 30

La Défense de l'Ecrivain Français

Revue mensuelle comprenant dans chaque numéro trois parties : Technique, Littéraire, Commerciale. — Principaux sujets traités : De la librairie et des éditions d'auteurs ; Formules de contrats ; Jurisprudence littéraire ; Opinions de J.-J. Rousseau sur la librairie à Malesherbes ; Les œuvres en librairie ; Les prix de littérature ; Les comités et associations d'écrivains ; Le service de presse ; Le lancement et la publicité.

Direction et Administration : **12, Rue Servandoni, PARIS**

Abonnements : France, un an....... 3 fr. — Etranger....... 4 fr.

Paris. — Imprimerie des Editions Presse Française.